金庸小說的處世妙招

涂涂草　著

作者簡介

涂涂草，自視為職業寫稿佬，曾是香港資深媒體人，在香港《文匯報》先後任職前線記者及部門主管。期間利用業餘時間潛心寫作，同時涉獵網絡小說、美食評論、影視編劇、動漫編劇等多個領域。二〇二二年初正式離開香港新聞界，到內地全職投身影視行業，近年來主要以出品人兼總策劃的身份參與多個項目。

主要作品有：網絡大電影《超能力同學》、《密室探案之剪紙館》；網劇《剪破危局》；微短劇《變心姐妹》、《潛龍勿用》、《重生歸來虐渣男》；漫畫《逆水追球》等。超級喜愛金庸小說，目前正與團隊策劃製作《俠客行》動漫番劇。

代序——第三隻眼睛讀金庸

李以建

一

讀涂涂草的系列文章，我腦海閃過一個詞：「第三隻眼睛」。它在上世紀九十年代曾因（德國）洛伊寧格爾的《第三隻眼睛看中國》而風靡中國，一時成為極為時髦的用語，由此引發出以「第三隻眼睛」看世界、看經濟、看政治、看教育、看這看那等等。所謂「第三隻眼睛」，在印度教和佛教裏被稱為「智慧之眼」（gyananakashu），也稱「天眼」，將其引用到知識系統的批評中，意指能從與眾不同的角度去看待事物，用嶄新而獨特的觀點來評判既有的現象。我以為，本書堪稱以第三隻眼睛看金庸，更貼切地說，是第三隻眼睛讀金庸，即作者能跳出傳統或既定的批評模式，以獨特新穎的眼光閱讀金庸小說，以另類的方式審視金庸。

眾所周知，小說批評基本上遵循兩條路徑，一為民間式，一為學院式。二者的閱讀方式和寫作涇渭分明，各有特色。民間式，通常指閱讀以興趣為主，讀後撰寫讀後感，談自己的藝術享受和內心感悟，有的更進而探討人生哲理，或是加入對現實的批評和議論；學院式，則是從文本閱讀着手，深入細緻剖析，上升到文化、歷史、宗教諸多層面的理論評述，從學術上探究小說的內涵和藝術成就。涂涂草的系列文章，兼有二者的特點，卻又介於二者之間，可謂另闢蹊徑，達到他自己所提出的「金為今用」。

作者在〈自序〉中談到：「寫作的初心一變再變。一開始我只想寫《雪山飛狐》這部小說的連載版本讀後感」，但「細細翻閱完一百多期報紙連載原文，將之與《雪山飛狐》的單行本逐字對照，發現許多值得玩味的細節。新舊版本的閱讀體驗迥然各異，由此產生的讀後感，我寫成了好幾篇文章」。顯然，作者寫作的初心是民間式的，只想寫讀後感，但他閱讀的方式卻是學院式的，版本的比對。隨着閱讀的範圍擴大，版本比較的深入，素材的積累，他有了更深刻的感悟，「按理足以寫成一系列研究文章」，但他不願意「變成了在故紙堆裏打轉的老朽」。也就是說，他本可以按照學院式逐步發展，但他不滿足於此，力圖闖出一條新路。他認為「不可能也沒必要用『讀經典』的方式來讀金庸」，「新時代應該有新思維」，「金庸小說的各項元素，完全可以連結到新一代的日常生活中」，應當「『以小說為鑒』，分析各個角色的性格弱點，吸取他們的經驗教訓，以此應對我們今天的戀愛難題、工作困境和人際相處之道。這些，才是緊貼時代需求的閱讀方法」。於是，他在學院式和民間式的選擇中寫就了本書的一系列文章。

二

本書收錄了作者的二十八篇文章和一篇自序，分為五類篇目。綜觀而言，有三大特點：其一，認真比對金庸小說的不同版本，探究其中的差異，提出問題。這近於學院式的研究批評。

金庸小說不同版本的比較，尤其是從最初報紙的連載版到結集成書的「修訂版」、「新修版」，其中的變化，即使是細微處的修訂，都是窺探金庸創作過程的心理變化和對藝術執著追求的途徑。這方面，作者有其獨到之處，因為他踏踏實實下過苦功，埋首圖書館，付出大量時間和精力，筆觸探及諸多金庸學之前所未觸及的地方。比如《雪山飛狐》報紙連載版出現的「玉面狐」，修訂版卻搖身一變為「錦毛貂」；「白馬」改為「灰馬」，他都細加探究，且引經據典佐證此修改恰到好處。再比如在〈生完娃的青春靚媽還算「少女」嗎？金庸：No！古龍：Why not？〉一文，抓住一字的修改和使用，即「少女」和「女郎」的不同，道出人物的身份不同，尤其是性格和貞潔的區別，且將其同古龍筆下的所謂「少女」作比較，更顯出金庸的謹嚴和細緻。別看這篇文章的標題近似於網絡上的調侃議論，而內文裏的邏輯推理和對比分析，堪比一篇短小的學術論文，足顯作者特有的嚴謹細緻和分析的功力。

本書的〈金庸才是玩梗高手，《鴛鴦刀》處處都是梗〉，亦是一篇難得的好文章，他將鴛鴦刀的所有「梗」置放在整體金庸小說中，見其相近之處，又指出其差異之處，這看似不難，其實頗顯功力，必須在熟悉所有金庸小說的基礎上，且具有一定程度的文學比較分析能力，才能道出其中之奧妙。而〈鮮為人知的金庸版本學——修訂了不止兩次〉涉及到金庸小說從最初的報紙連載，到各種的單行本的出現，以及金庸自己將其結集成書的三次修訂。雖然並不全面，但也嘗試進行梳理分別，尤其是在比對下，掌握了許多第一手的資料，這對金庸小說的研究具有相當高的參考價值。

值得深入探討的是，作者在〈解剖《雪山飛狐》原始版與新版之別！〉，「以『摘錄點評』的形式，細談三個版本的異同之處」。他經過仔細的比對指出，「《雪山飛狐》的三個版本，在劇情上沒有任何不同之處。金庸先後數次進行的修訂工作，都僅是對該書的遣詞造句做出改動」。「對於一部『沒有必要』修訂的作品，金庸仍花了很多心思字斟句酌，將報紙連載版的幾乎每一段，或多或少都做了改動」。他認為，「這是一種純粹的『文字潤飾』工作，仔細對比其中的異同點，不僅可以像閱讀《紅樓夢》的程本和脂本那樣，讀賞玩索滋味無窮，還能從中學到不少為文練字的技巧。」

其實遠不止於此，若細加深究，金庸在最後修訂時，將報紙連載版上的「這箭破空之聲甚是勁急，顯見發箭之人腕力極強。但見那箭橫飛而至，」刪去，其意義不可小覷，它完成了從傳統到現代的質的飛躍。這一小小的修訂，表面上看似「文字潤飾」，是文字的修煉和技巧的呈現；從深層看，從「古典小說中很典型的『說書式風格』」，變換成具有電影特寫鏡頭感的畫面，恰恰體現出語言句式的改變所透出內裏的現代化思維範式的轉換。若深入比對，會發現類似的修訂比比皆是。這是金庸在汲取傳統古典話本小說的描寫和敍述基礎上，刻意將古舊的痕跡抹去，置換以現代的描寫和敍述語式，給武俠小說注入了現代的生命，充滿時代的鮮活感。正由於此，金庸的小說突破了傳統武俠小說的窠臼，且又獨領新武俠小說的風騷，成為一代宗師，步入文學史的殿堂。

三

其二，以金庸小說為藍本，結合當今社會現象，藉此生發開去，議論現實，針砭當前。這近於民間式和學院式兼而有之。有俗讀，也有戲讀，但卻都讀之有理。

作者從現實生活的層面結合閱讀的感悟來闡述金庸小說的價值和意義。他從愛情、婚姻、家庭、工作等生活的角度，將常見的矛盾和衝突拈出，比如工作和事業、愛情的結合和分手、乃至單戀、追求中年大叔的癡迷等等，融入小說的敍述和評析。先看小說人物的行為和思想，見其事態的發展，探究其結局，再對照眼下社會的現實，從不同角度去比對，從金庸小說的智慧引發出另類的思考。作者的這些議論和感嘆，表面看仿如天馬行空、突發奇想，實際上卻十分接地氣。一則，不是無的放矢，而是針對眼下年輕人生活中真實發生的方方面面；二則，絲毫不偏離對金庸小說的深入理解和分析，乃至不同版本的比較。

《越女劍》范蠡，這是歷史上公認的能屈能伸的大丈夫，是儒家奉為君子的表率。他為國為民，忍辱負重，不惜捨棄一切，而當功成名就之際，卻又絲毫不留戀功名利祿，遠離世俗的喧囂和繁華，攜手終身知己，隱姓埋名浪跡天涯。但作者卻提出，對少女阿青來說，范蠡卻是一個久歷滄桑、心機算盡、只懂得利用他人感情來謀取自己私利，實現自己野心的「大叔」。阿青最後含恨悄然隱退正是這種無疾而終的愛情悲劇所致。由此，他告誡天下的女生，不要誤入歧途。這種驚世駭俗的看法，確實十分另類，但若換位思考，卻很有說服力。

令狐沖是迷倒無數女讀者的偶像，是眾多女「金粉」夢中的情人，但作者卻從最世俗的角度給予令狐沖惡評，「給初戀女生的忠告：令狐沖這樣的男友只能拍拖不能嫁」。他仔細地分析了「沖靈戀」，解開了二者悲劇的原因，是源於令狐沖表面上的性格豁達、風趣幽默、精心營造浪漫等，「不屬於稀缺資源的調配和付出，大部份人只要想做都能做到」，而「一旦涉及到根本利益和稀缺資源，你會發現這類看起來最慷慨的人，不同程度上都會變得判若兩人」。他毫不留情地指出，從根底裏的自私、保護自我，這位令狐大俠是既不可愛，也不值得終身相許之人。這種批評確實夠世俗的，但又俗得你無法迴避，俗得有道理，你不得不贊同。

將段正淳、無崖子和慕容復三者列為「渣男」，並細數他們作為渣男的種種行徑，讀之令人捧腹。從這三篇文章來看，作者完全是站在女性的角度來剖析男性，以當代女性的眼光來透視自古以來男性的劣根性。這可以稱為戲讀，更可以說是具有女權主義意味的批評。或許，作者更多是在閱讀中，為王語嫣的境遇覺得不值的，卻又無力回天；為李秋水的性格變異，尋找原因；為諸多段正淳的異性情人抱不平。一句話，他要推翻男性為中心的社會價值標準。

至於〈《鹿鼎記》中屢犯淫戒的晦明禪師，為甚麼僅僅只是辭職？〉並非無的放矢，應是針對社會現實而發。如作者所言：「小時候，我們以為金庸寫的僅僅是江湖。後來，我們品味出金庸寫的是歷史。長大了又發現，金庸寫的真的就是江湖。真正的江湖，其實就是社會。那些荒誕離奇的故事，至今仍然在這個江湖反復上演。」

四

其三，受金庸小說啟發，結合人生的方方面面，作深刻的反省；借金庸小說人物來吐訴心中的塊壘，引發讀者的共鳴和思考。這基本上屬於民間式。

將郭靖的「苦練」和周伯通的「癡迷」比較，作者認為應當放棄心靈鷄湯式「『努力就能成功』的心理預期」；「『堅持就是勝利』的自我安慰」。不僅要「找到自己『喜愛』的事業」，而且「喜愛的程度，要能達到『癡迷』」。「唯有達到『癡』的境界，才能一輩子都像周伯通那麼快樂。在奮鬥的過程中，沒有那麼多悲情，自然而然就把所有的艱辛困苦都甘之如飴」。

《飛狐外傳》的苗人鳳一直被視為武功超卓的大俠，作者借用現代流行的「理工男」特點來分析，道出其婚姻的不幸、家庭的破裂，實際上均源於其自身。作者的這類「金為今用」的批評相信能引起現代男女的某種共鳴。至於認為鎮守襄陽的安撫使呂文德「是第一流的管理人才」，是最好的領導；以「荒廢國產依賴洋貨」來評述金庸小說中高手的武功；從高風險行業來看紅花會的成敗；陳近南面試韋小寶的技巧等。與其說這些文章純屬戲讀，不如說，那只是借金庸小說來吐訴自己心中的塊壘。貌似捕風捉影，風馬牛不相及，但內裏卻不乏對現實的針砭和對人生的嘲諷。風趣中見辛辣，嬉笑間藏悲嘆。正如作者分析《連城訣》裏體現出社會階層之間隱藏的「婚姻鄙視鏈」，最後發出感嘆：「說明社會階層已經凝固，幾乎沒有向上流動的機會。這才是整個社會最大的隱憂、最大的悲劇。希望這樣的悲劇，只存在於小說之中，永遠不要在真實的人生中上演。」

從《俠客行》石清閔柔夫妻溺愛寵信兒子石中玉，以致長大成人，成為任性自私，霸道卻又猥瑣，心理上長不大的「巨嬰」，總結出教育子女的經驗教訓，很顯然是針對當今社會上的獨生子女現象和中國式的教育而有感而發。

本書還有從現實的人生的角度，去小說中尋找佐證的資料。比如，黃藥師之所以是「一等一的好岳父」，皆因他採用了四個策略：不跟小倆口一起住；明不關心暗中關注；當面說話要多讚美；鬧矛盾時絕不多嘴。這四個策略顯然是來自現代家庭人與人關係處理的指南。再如，將武當泰斗張三丰老人的長壽歸功於他的五種習慣：培養一項愛好找樂趣；不操心孫子輩的婚姻；永遠都能控制住脾氣；瑣碎的細節全都忘記；偶爾回憶美好的感情。這更是以養生長壽秘訣做指引去小說中尋找證據。誠如作者所言：「原來，《笑傲江湖》是在教我們如何選結婚對象；《白馬嘯西風》是在教我們如何走出單戀；《天龍八部》是在教我們如何鑒別高端渣男」。

五

文藝理論上有句名言，即「一千個讀者有一千個哈姆雷特」。從閱讀理論和美學上看，這是千古不變的至理。當年魯迅先生談到《紅樓夢》時說：「單是命意，就因讀者的眼光而有種種：經學家看見《易》，道學家看見淫，才子看見纏綿，革命家看見排滿，流言家看見宮闈秘事。」（《魯迅全集—集外集拾遺補編·〈絳洞花主〉小引》）。以此來看涂涂草的系列文章，作者所獨具的「第三隻眼睛」，應屬於金庸小說批評之一種。不排除有人會提出種種批評和異議，但無論如何，它體現出作者的洞察力和直覺，捕捉到一般人難以察覺到的東西，道出他人所未道，不啻是新穎別致的讀金庸。

當然，作者「第三隻眼睛」的閱讀和寫作，由於兼具學院式和民間式，因而既有二者的長處，也難以避免地存有二者的短處，尤其是當二者產生矛盾衝突、相互之間發生制約時，如何制約調和、揚長避短，乃至超越之上，這是非常考究作者功力的。不得不指出，作者在這方面還有待進一步努力。比如，之前所談到對《雪山飛狐》不同版本開頭語言的分析，本應進一步深挖掘進，乃至上升到理論層面作更宏觀的分析，但卻由於過於顧及區別版本的不同而戛然而止，流為一般閱讀的發現。再比如，拈出金庸小說中「少女」和「女郎」一詞之改動，並同古龍小說作比較，導出金庸的用心良苦，但作者僅點到為止，未有深入探究其對整體小說審美價值的影響。且為吸引讀者的眼球，冠以篇名〈生完娃的青春靚媽還算「少女」嗎？金庸：No！古龍：Why not？〉令其近於戲說、俗說，甚為可惜。

讀罷此書，我更深的感觸，用網絡上流行的話語來說，即「高手在民間」。二〇一八年江蘇楊曉斌託人將其自費出版的《藍橋書話》贈送給金庸先生，我當時就被這位身處民間尚未出名的收藏家所打動。能傾其數十年的時間和精力，全球收集金庸小說的各種版本，並加以比對整理，這種精神委實令人感佩。與之相同，本書的作者只是一名讀經濟專業出身，擔任過報紙編輯，現為影視界的出品人和策劃的金庸「粉絲」，雖堪稱「骨灰級」的「金迷」，但能利用業餘的時間經年不斷地以「第三隻眼睛」研究金庸，同樣也是金庸研究的民間高手。

自序——新時代讀金庸，連接我們的日常生活

這是一本讀書筆記，收錄的文章不多，創作週期卻長達六年，是我利用業餘時間錙銖積累完成的。

寫作的初心一變再變。一開始我只想寫《雪山飛狐》這部小說的連載版本讀後感。當時我還是個媒體人，一個偶然的機會得以借閱五十年代《新晚報》掃描件，從而有幸目睹《書劍恩仇錄》和《雪山飛狐》這兩部小說最初在副刊上連載的原貌。其中前者殘缺不全，後者則保存完整，很有研究的價值。

我一時興起，細細翻閱完一百多期報紙連載原文，將之與《雪山飛狐》的單行本逐字對照，發現許多值得玩味的細節。新舊版本的閱讀體驗迥然各異，由此產生的讀後感，我寫成了好幾篇文章，分別在香港《文匯報》、《城市文藝》等刊物上發表。

然而這個工作沒有繼續深入下去，因為《雪山飛狐》只是一部中篇，劇情不算特別出彩。讀後感提到的不少細節，就連資深金粉也沒有太多印象。而且只圍繞一部小說來寫文章，話題未免過於單調。

所以，我很快拓展了視線，將之擴大到金庸的整個武俠體系，準備對他所寫的全部十五部武俠小說，都進行版本對比工作。

這就是所謂的「金庸版本學」了。

眾所周知，金庸分別於七八十年代、以及九十年代末至本世紀初，對十五部小說進行過兩次大規模修改。第一次修改後定稿的版本（我們統一稱為「修訂版」），影響力最大，評論界普遍認為這個版本成就最高。第二次修改後定稿的版本（我們統一稱為「世紀新修版」），則是毀譽參半。金庸太想將之「經典化」，結果用力過猛，反倒破壞了作品原本的流暢度。

至於最早在報紙上連載的版本（我們統一稱為「連載版」），市面上早已絕版。但資深金迷們卻最喜歡這個版本，據說倪匡也推許該版的閱讀體驗更勝修訂版。特別是其中一些獨特的人物和劇情，被金庸大刀闊斧刪除了，不再見諸後來流傳於世的兩個版本，因而愈加彌足珍貴。

最出名的例子是《神鵰俠侶》的男主角楊過，他的生母在連載版中並不是穆念慈，而是一個名叫秦南琴的捕蛇女子。她單戀郭靖卻被楊康姦污，因此產下楊過。《笑傲江湖》連載版中同樣有個可憐的單戀者名叫江飛虹，暗戀的對象是藍鳳凰，最後因吃醋而自盡。這兩個角色永遠消失了。

連載版的各種感情戲也更加複雜。比如《倚天屠龍記》中的周芷若曾欺騙張無忌，說她被宋青書非禮懷了身孕；滅絕師太也曾青春過，先後跟兩個男人談過戀愛。《天龍八部》的葉二娘對丁春秋似乎頗有情愫，每次見面都嗲聲嗲氣的叫「春秋哥哥」。《書劍恩仇錄》主角陳家洛的授業恩師于萬亭，跟他的母親居然有肉體關係，兩人私通生下了陳家洛。

這些被刪除的劇情，用筆均十分精彩，值得向廣大讀者做詳細介紹。

有段時間，我幾乎每個週末都沉浸在位於銅鑼灣的香港中央圖書館，操縱儀器查閱《明報》六十年代的報紙微縮膠片——金庸中後期最重要的長篇小說都是在《明報》上發表，我希望看到這些作品連載時的第一手資料。

久而久之，手頭蒐集了足夠多的素材，對金庸最初的創作思路和後來的修訂意圖，都有了比較深刻的感悟。按理足以寫成一系列研究文章，然而每到動筆時都思路堵塞，甚至無從下筆。

我很快意識到問題出在哪裏，如果是要推薦連載版的劇情，根本不需要寫所謂的介紹，直接告知讀者何處可看到原文即可。如果是要評價連載版的文字，則難免落入「尋章摘句」的窠臼，變成了在故紙堆裏打轉的老朽。

新時代應該有新思維，二十一世紀的讀者讀金庸，不應該是這樣的讀法。

這個時代的生活節奏像火箭一樣快，不可能也沒必要用「讀經典」的方式來讀金庸。儘管我堅持認為，金庸小說對於中華民族的影響力和其經典地位，排名僅次於「四大名著」。但是我們無法期望下一代的年輕人，也像我們那樣熱愛閱讀金庸小說原著。正如我們這代人的父輩，無法讓我們熱愛閱讀《紅樓夢》原著。

其實，不讀原著又如何呢？這並不妨礙原著中那些栩栩如生的人物形象，那些感人至深的故事情節，成為年輕人耳熟能詳的經典橋段，就像「黛玉焚詩」、「寶釵撲蝶」那樣，深深烙印到日常生活之中。

是的，金庸小說的各項元素，完全可以連接到新一代的日常生活中。小說中角色們所處的江湖，就像我們今天所處的社會。他們是「人在江湖、身不由己」。我們是「人在社會、身不由己」。他們曾經遇到的迷惘痛苦，也是我們曾經遇到的迷惘痛苦。他們面臨的艱難抉擇，也是我們可能會面臨的艱難抉擇。

我們完全可以「以小說為鑒」，分析各個角色的性格弱點，吸取他們的經驗教訓，以此應對我們今天的戀愛難題、工作困境和人際相處之道。這些，才是緊貼時代需求的閱讀方法。

於是，我的寫作思路一下子打開了。重新翻看金庸小說的三種版本，各種稀奇古怪的念頭從腦海裏冒了出來。

原來，《笑傲江湖》是在教我們如何選結婚對象；《白馬嘯西風》是在教我們如何走出單戀；《天龍八部》是在教我們如何鑒別高端渣男。

原來，袁承志本質上是個不懂戀愛的學霸；苗人鳳本質上是個不懂婚姻的理工男；陳家洛本質上是個不懂生意的儒商。我們應該盡量避免他們所犯下的錯誤。

原來，我們還可以向黃藥師學習當岳父的技巧；向呂文德學習管理人才的思維；向張三手學習快樂養生的秘訣。

這些零零散散的念頭，一點一滴的聚沙成塔，我將之記錄下來，抽空寫成了一篇篇文章。

文章的風格並未強求統一，有的像雜文，有的像散文，有的像議論文，但主旨都是同樣的四個字——「金為今用」。其意為「金庸小說元素為今日生活之用」的簡稱。

後來我離開了媒體崗位，投身到影視行業中拼搏，事務更加繁忙，空間時間更少。這項工作也就時斷時續，進展十分緩慢。

一直到今年一月，我才完成此前擬定的第一個小目標——為金庸的十五部小說，每一部至少寫一篇「金為今用」的文章。

值此金庸百年誕辰之際，在天地圖書前總編輯孫立川先生的鼓勵下，我將這些文章集結出版，心情又欣喜又惶惑。

自知個人學術功底薄弱，這些文章必然有疏漏之處，不僅在「版本學」方面研究甚淺，缺乏獨到深刻的創見，就算在「金為今用」這個主題上，也有不少牽強附會之處，甚至犯了「先有結論再找證據」的毛病，難免貽笑大方。好在今時今日的讀者自有判斷力，只要能在閱讀全文時對若干觀點有共鳴，我就十分快樂了。

最後，感謝香港大公文匯傳媒集團的王新源先生，是他從該集團資料室中，搶救出《新晚報》酥脆發黃的報紙原件掃描成電子檔，慷慨贈予我閱讀，並在我寫作的過程中提供多項便利。沒有他，就沒有這本書。

二〇二四年一月二十三日

目錄

工作與事業篇

婚姻與家庭篇

亂彈與雜感篇

掌故與考據篇

戀愛與分手篇

一、世紀新修版《碧血劍》：學霸更需要學習怎麼戀愛

如果要在金庸小說中票選一個「學霸」，那無疑是袁承志。他的學習和成長，是中國父母眼中最理想的模式。

學業有成之前，袁承志所有心思都用於念書，唯一的娛樂是下圍棋，那也是木桑道長這個老師指定的活動，換來的是學業上的好處，屬於花在「正路」上的精力。

當他從華山大學畢業時，是這個一流學府的最佳尖子生。從那時起一直到《碧血劍》全書結束，沒有任何對手能在單打獨鬥時碾壓他。只有他的二師兄歸辛樹，因為多了二十多年的經驗值，勉強比他略勝一籌。

這還是修改的結果，在最早的報紙連載版中，就連歸辛樹也被設定為「知道這位師弟武功在自己之上」（連載版第二十五回）。

至於最大反派玉真子，連載版中直到結尾才出場，純粹一個打醬油的角色。金庸花了很多心思重塑人物，在修訂版中大量增加玉真子的戲份，讓他和袁承志提前交手了兩次，才算刷了點存在感。

這一切真是太美好了，生子當如袁承志。學習的時候就專心致志的學習，別說沒有戀愛的苗頭，就連接觸異性的機會都沒有。整個青少年時期，他只和安小慧做過十來天的玩伴。

然而這位學霸也有個弱項，就是不懂怎麼戀愛。在《碧血劍》的三個版本中，袁承志在愛情方面的表現都一塌糊塗。

影響力最大的修訂版中，袁承志對長平公主阿九頂多只是有點好感，並無明顯的男女之情。

但在世紀新修版中，袁承志對阿九愛的如痴如醉，雙方甚至訂下了十年之約。

其他幾個女配角的心思，也都一一挑明。不單焦宛兒變成了情難自禁的小迷妹，就連何惕守也時常露骨的跟袁承志調情。

而他對女主角溫青青的感情，則被明顯削弱了。

假如票選金庸小説中最令人討厭的女主角，溫青青大概率名列榜首。她的愛吃醋、猜忌心重、動輒耍小性子等缺點，無論在哪個版本中都同樣嚴重。

以愛吃醋來説，本來不是甚麼大毛病，運用得法還有點小可愛。但溫青青完全不看場合、不知輕重，她被五毒教抓走當人質，袁承志冒險去救她，在如此危急的緊要關頭，她卻因吃焦宛兒的醋，賭氣不肯跟他走。

這種性格的女孩子，真的很不適合娶回家。翻遍全書，袁承志雖然多次對溫青青發誓「我只愛你一個」，但在心理層面上，實在看不出有濃烈的愛情。

他對溫青青的感情，很大程度上是因為在一次鬧玩笑時，溫青青主動的肢體接觸。「他生平第一次領略少女的溫柔……只覺她吹氣如蘭，軟綿綿的身體偎依着自己，不禁一陣神魂顛倒」（修訂版第八回）。

可憐這個初哥，從此以後就被溫青青綁得死死的。因為十八歲之前太缺乏和女孩打交道的經驗，所以當他到了正常戀愛的年齡，一旦遇到溫青青這種有心計的女孩，對方稍微流露的一點溫柔，就令他無法抵擋。

相比之下，郭靖的成長經歷就比較正常，從小和華箏一塊長大，諸如「牽了華箏的手，一躍上馬，兩人共乘一騎」（修訂版《射鵰英雄傳》第五回），「從馬上探過身去，伸臂輕輕的抱她一抱」（修訂版第六回）這些細節，都可以看出他和華箏有正常的交往和肢體接觸。

郭靖在愛情上的遲鈍，是對細節的遲鈍，比如他不懂為何送幾塊糕點給黃蓉，她要收藏起來慢慢吃。但他從一開始就知道自己愛的是黃蓉。

更重要的是，在遇到黃蓉之前，郭靖就明確的知道自己不愛華箏。光是這一點，就比袁承志強的不止百倍。

根據弗洛伊德的理論，人生絕大多數情感問題，都是童年時某種缺失的折射。袁承志的求學階段，活在沒有異性的真空裏。人生缺了這堂課，導致他處理情感問題的能力極差。

特別是世紀新修版中的袁承志，後來他非常明確的知道自己真正愛的是阿九，可是卻無法下定決心離開溫青青。他不知道怎樣才能和她分手。

當然不可能知道。分手是一門複雜的功課，是需要學習的。

戀愛和分手的真正意義，很多父母都沒有搞清楚。他們希望孩子學業有成、踏入社會之後再來戀愛，因為他們覺得求學時期的戀愛不穩定，下場基本都是分手。

他們忽略了最重要的一點，人生其實是一種體驗。

正因為求學時期的戀愛，百分之九十九都以分手告終，所以才更應該嘗試去戀愛，因為那是試錯成本最小的分手。

袁承志後來無法跟溫青青分手，其中一個原因也是因為他踏入江湖，有了名望，身為七省盟主和金蛇營統帥的他，一舉一動都要考慮「社會影響」，於是也就更加難以做出抉擇。

世紀新修版增加了大量內心戲，都是現代人才有的情感掙扎。比如金庸全新設計了一記絕招，叫做「意假情真」，特點是包含無數虛招，最終擊向何處，連出招者自己也不清楚。

練這一招的訣竅有個註解：「人間假意多而真情罕見。各種試探，欲明對方真意所在，而真意殊不易知，此所以惆悵長夜而柔腸百轉欲斷也」（世紀新修版第四回）。

換個說法，其實就是：自古真情留不住，唯有套路得人心。

袁承志初次練這一招時，完全無法掌握精髓。於是他就放棄了，沒有好好練習。到了終極一戰面對玉真子時，他才匆匆忙忙的拎出來用。

那時阿九就在他身旁，向他釋放了一個少女所能流露的全部感情，然而並沒有用，袁承志最終做出的仍是錯誤的選擇。

金庸雖然沒有明寫這個選擇的結局，但我們可以從多處暗示合理推測，袁承志的婚姻生活好不到哪裏去，他親手造成了自己本人、阿九和溫青青三個人一生的悲劇。

快去戀愛吧，求學的少年。即使沒有遇到特別心動的人，也應該當作一門功課去實踐。很多年後你會發現，那是人生最寶貴的經驗。

二、給初戀女生的忠告：令狐沖這樣的男友只能拍拖不能嫁

令狐沖是金庸筆下最著名的角色之一。倪匡品評金庸小說，把令狐沖列為「絕頂人物」，比「上上人物」更加出類拔萃，其中一個原因是他在感情上遭遇重大挫折，由此展現出這個人物豐富細膩的性格。「在武俠小說之中，男主角幾乎全部在戀愛上無往而不利，像令狐沖那樣居然失戀，可說絕無僅有。」（《我看金庸小說》）

每次重讀《笑傲江湖》，看到令狐沖被小師妹岳靈珊拋棄的段落，都不禁心有戚戚焉。岳靈珊移情別戀林平之，最終慘死其劍下，堪稱是金庸武俠世界中最廣為人知的悲劇之一。不少讀者認為她是有眼無珠的典型。

在筆者看來，岳靈珊選擇林平之確實是一個錯誤，但這不等於她放棄令狐沖也是錯誤的。

如果把江湖視為社會，岳靈珊的階級成份屬於「高級知識分子家庭」。父親和母親都是華山學府的頂尖導師，總共有二十多個學生。她深受父母薰陶，雖然有點頑皮淘氣，總體上過的是循規蹈矩按部就班的生活，一輩子都走在父母規劃好的路線上。

這樣的家庭教育出來的女生，骨子裏都是非常傳統的。她們內心深處的擇偶標準，一般都以父親為榜樣。但在戀愛期間卻往往會頭腦發熱，被所謂的「率真灑脫、放蕩不羈」型男友吸引，與其產生一段全身心投入的感情。

令狐沖就是這種類型的男友。他的一大特徵是，樂於花費大量時間精力營造小驚喜、小浪漫，陪伴女友去做無聊但有趣的事情。

岳靈珊希望睡在星空下，他就去捉了幾千隻螢火蟲放在紗囊之中，為她營造滿天星光的氣氛。岳靈珊喜歡雙人舞劍，他就鑽研了一套「沖靈劍法」，攻敵威力等於零，卻不妨礙他樂此不疲，把最沒用的招數練了幾千幾萬次。

然而，窮人的時間是最不值錢的。說的不客氣一點，這些都不過是廉價的感動。常見行為包括但不限於：到女生宿舍樓下點滿蠟燭彈着吉他深情求愛，每天風雨無阻的踩單車去為女生買最愛吃的美食，連續熬夜多日幫女生做功課寫論文等等。

這類行為的共同特點是，不屬於稀缺資源的調配和付出，大部份人只要想做都能做到。熱戀期間為你慷慨耗費時間，沒問題，因為我有大把時間，無關我的根本利益。一旦涉及到根本利益和稀缺資源，你會發現這類看起來最慷慨的人，不同程度上都會變得判若兩人。

在武俠世界裏，金銀財寶不算稀缺資源，高手隨便搶劫幾個大戶人家就腰包鼓鼓了。最稀缺的是兩樣東西——無敵神功和神兵利器。每部小説中的數量都屈指可數。

《笑傲江湖》最厲害的正派武功是「獨孤九劍」，風清揚傳授給令狐沖之後，只叮囑他不可將此事告知岳不群（修訂版第十回），並沒有禁止他把劍法傳授其他人。令狐沖獲此稀缺資源，有沒有想過要分享給岳靈珊呢？沒有，他從頭到尾都沒產生過這個念頭。在他的潛意識裏，這是「我的」資源，不是「我們的」。

這一點比起郭靖差遠了。郭靖從周伯通處學會「左右互搏」的絕技，毫不藏私的傳授給黃蓉。只是黃蓉學不會而已。同樣，黃蓉跟着洪七公學「打狗棒法」，自己尚未完全掌握，就已經想到要教郭靖了。雖然礙於丐幫幫規沒能實現，但兩個人心裏都是時時刻刻想着對方的。把自己的稀缺資源分享給對方，對郭靖黃蓉來説是再自然不過的天性流露，這才是彼此適合結婚的穩固基礎。

反觀令狐沖對岳靈珊，不單沒有分享意識，就連親口做出的承諾也沒兑現。他失手將岳靈珊最珍愛的「碧水劍」彈落懸崖，曾滿口承諾「定到江湖上去尋一口好劍來還你」（修訂版第八回），後來他甚至想都沒想起過這件事。

一個男人，弄丟了女友價值連城的傳家寶，居然渾若無事，這樣的三觀實在令人無語。説得嚴重一點，最根本的原因就是不願意為戀人付出。

是的，在「沖靈戀」中真正付出的其實是岳靈珊。她沒有計較令狐沖彈飛自己的寶劍，反而把家族最貴重的《紫霞秘笈》偷偷送給他（修訂版第十一回）。

在面對長輩的管束時，岳靈珊也比令狐沖勇敢得多。令狐沖被罰到思過崖面壁，她不理父親的禁令，堅持每天給他送飯。有一次天降大雪，岳靈珊送飯時滑了一跤，摔破了額頭，仍堅持攀登思過崖。書中反覆強調「道路滑溜的不得了」，她一步一滑的向前走，有失足跌落懸崖的危險。

按照常理，令狐沖應該飛奔下去保護她，拉着她一起走才對。然而目睹這一幕的令狐沖，居然是「不敢下崖一步，只伸長了手去接她」（修訂版第八回）。

有人為令狐沖辯護，說這是因為他不敢違抗師父的命令擅自下崖。可翻遍《笑傲江湖》全書，令狐沖違抗師命的例子比比皆是。岳不群命令他殺死淫賊田伯光，他寧願自刺一劍也不從命（修訂版第十二回）。他一直是個極富反抗精神，甚麼事都敢做的叛逆者，怎麼唯獨在岳靈珊這件事上，突然變成了「不敢抗命」之人呢？邏輯上沒法自圓其說。

所以，令狐沖對岳靈珊所謂的痴情，多數都停留在自我感動的層面，雖然他經常產生可以為她獻出生命的想法，但從行動上來看，他的實質付出遠遠少於岳靈珊。

對於初戀女生來說，他是一個很好的拍拖對象，口才幽默風趣，性格豁達不小器，對女生也足夠尊重，輕而易舉就能把女生哄得很開心。

可是，當女生想要走進婚姻殿堂時，頭腦清醒之人就不應該選令狐沖了。除了上述缺陷之外，他還有很多小毛病，比如好酒貪杯，經常醉醺醺；不講衛生，連乞丐喝過的酒葫蘆都能下口；狐朋狗友太多，明明是壞朋友也和對方講義氣等等。這些毛病都不是小事，婚後都會成為引發夫妻矛盾的爆發點。

岳靈珊最終選擇嫁給林平之，是女孩子從初戀狂熱之中回歸理性，做出了一個「門當戶對」的選擇。當然，理性的選擇不等於必然會有好結果。這段婚姻令她跌進了深淵。

婚後她重新想起令狐沖對她的好，對此有所懷念，最早的報紙連載版有一段劇情，寫令狐沖發現岳靈珊的臥室裏懸掛着一幅字，是她親筆書寫的李商隱詩歌，最後兩句是「當時若愛韓公子，埋骨成灰恨未休」。

金庸生怕暗示的不夠明顯，借任盈盈之口解釋：「詩中說的是一個女道士，她當年如果愛了韓公子，嫁了他，便不會這樣孤單寂寞，抱恨終生了」（連載版第九十二回）。

這段劇情在修訂版中被徹底刪除了。從閱讀體驗來看有點遺憾，可是掩卷細思，這才符合真實的人生。

現任很差勁，唯一應該做的是積極面對，運用智慧和勇敢去解決現任的問題。那個不適合結婚的前任，沒有甚麼好懷念的，就讓他永遠成為過去時吧。

三、《白馬嘯西風》是在教我們，要用五個步驟走出單戀

倪匡為金庸的十四部小說排座次，《白馬嘯西風》名列倒數第一（不包括短篇《越女劍》），也就是「水平最差」的一部。尤其是連載版的《白馬》，倪匡甚至以「不通」來評價；修改之後的修訂版，也僅僅是說「通了」。這是非常罕見的差評。

但很多讀者特別是女性讀者，都非常喜歡《白馬》。這是金庸唯一一部以女性作為第一視角的武俠小說，遣詞造句非常優美，有些段落簡直就像散文詩。倪匡還說，《白馬》是專為電影創作的故事，是金庸修改得最多的一篇作品。確實如此。

連載版和修訂版的字數都是六萬多字，總共分為九個章節。從第五章開始，劇情幾乎完全推翻了重寫，人物命運也有很大的變化，基本是兩個截然不同的故事。

可以很明顯的看出來，連載版是電影劇本改編的，上半部鋪墊好了線索，下半部重點放在奪寶、謀殺、懸疑、群戰這些元素上。如果真的拍成電影，一定是部熱熱鬧鬧的賀歲片。

修訂版則變成了一個憂傷的愛情故事。那些最熱鬧、最「武打」的部份，金庸大筆一揮統統砍掉了，改寫的戲份全部圍繞情感戲來鋪陳。

不是一般的情感，而是單戀。

連載版已經寫了三種不同的單戀，修訂版又增加了兩種。每一種都具有非常典型的意義。用一句話來概括，《白馬》這部作品，寫的是「單戀的五種心態」。或者可以換個說法，是單戀之人通常都會經歷的五個階段。

第一種，是史仲俊對上官虹的單戀。

上官虹嫁了人，十年後史仲俊仍「妒恨交迸」，親手射殺了她的丈夫，然後自以為是的對她說：『以後你跟着我，永遠不教你受半點委屈。』」（修訂版第一章）

這是「強求」的心態。

看到單戀對象和情敵甜甜蜜蜜的在一起，嫉妒的想殺死情敵，或是希望情敵遭遇意外而亡，自己就可以取而代之。

只是想一想，很正常。單戀被拒的第一階段，往往都會這麼想。別化為行動就好。每當嫉妒的不能自抑，想要化為行動時，不妨想一想小説裏史仲俊的結局。結局是，上官虹在衣衫中暗藏雙劍，與他同歸於盡。

第二種，是華輝（瓦耳拉齊）對雅麗仙的單戀。

連載版中的華輝是地道的漢人，做的所有壞事，動機都是為了貪財，想奪得迷宮中的寶藏。修訂版把他改成哈薩克人，名叫瓦耳拉齊。華輝是他掩飾身份用的化名。

同族女子雅麗仙不愛他，他就用毒針把她害死，多年後又擄走她的女兒阿曼，説我得不到你媽媽，就要你來代替。這是「毀滅」的心態。我得不到的東西，我也不讓別人得到。情願將之毀掉。

偶爾一閃念間，出現如此可怕的念頭。只要沒有付諸實施，仍然不是壞事。從心理學的角度來分析，這或許是「強求」不遂之後，潛意識裏絕望了，想要用斬草除根的方式，擺脱長久以來的苦戀。跨過這道關卡，精神上會有一個昇華。

昇華的體現，就是小說裏寫的第三種單戀，馬家駿對李文秀的單戀。

連載版中的馬家駿，也是貪財之人，假扮成「計爺爺」與李文秀相處了十多年，唯一的目的是為了寶藏。與她的關係更接近親情，並無男女之間的愛慕之心。

修訂版把馬家駿的形象大大提升了，改成是一直暗中喜歡李文秀，本來早就想回到中原，但為了保護她，留在哈薩克十多年。

他非常懼怕瓦耳拉齊，只要他始終扮作老人，瓦耳拉齊永遠不會認出他來，可是為了李文秀，他終於出手，去和自己最懼怕的人較量。

這是「默默守護」的典型。

看起來很偉大，如果拍韓劇，絕對是最佳男二號。可在潛意識裏，這仍然是希望以自我犧牲的精神，來感動對方。

很可惜，沒用的。

韓劇裏的男二號，從來都沒有修成正果。小說裏也是，馬家駿最後為救李文秀犧牲了自己，死於瓦耳拉齊之手。

不想這麼悲摧，就要進入第四個階段。學一學桑斯兒對單戀的處理方式。

桑斯兒是優秀的草原青年，他喜歡阿曼，阿曼喜歡的卻是蘇普。桑斯兒心想：「只要我在公開的角力中打敗了蘇普，阿曼便會喜歡我的。」為此他苦練了三年摔跤和刀法。（修訂版第三章）

這種「誓要變強」的心態，非常勵志、非常正能量。我想變成更好的人，然後再去追求你。有許多成功者，都是在這種心態下發奮努力，成就了一番輝煌的事業。

然而殘酷的是，在愛情的戰場上，仍然有很大可能是輸家。

正如小說裏寫的，桑斯兒和蘇普尚未分出勝負，阿曼的父親就知道他贏不了。因為他早就清楚女兒的心意。「便是桑斯兒打勝了，阿曼喜歡的還是蘇普，說不定只有更加喜歡得更厲害些。」（修訂版第三章）

所以最後的最後，單戀之人終究都會走到第五個階段，也就是李文秀走出的那一步。在《白馬》的結尾，單戀無果的李文秀最終決定離開大草原，獨自一人返回中原。

金庸對這段文字的修訂，堪稱神來之筆。很多讀者甚至認為，修訂後的結尾，是金庸所有小說之中，令人印象最深刻的結尾。

連載版的結尾如下：

在通向玉門關的沙漠之中，一位美麗的姑娘腰懸長劍，騎着一匹白馬，自西而東而行……

白馬的駿足帶着她一步步的回到中原。那可是一個比迷宮凶險百倍，難走百倍的地方……

這顯然是個電影劇本的結尾，用一人一馬遠去的鏡頭，為整部電影畫上句號。

修訂版在結尾增添了一大段文字，先寫了古高昌國人拒絕漢化的一段典故。他們將唐太宗御賜的禮物棄如敝履，因為「你們中華漢人的東西再好，我們高昌野人也是不喜歡」。

再寫李文秀回憶臨走之前，眾多哈薩克人向最聰明的長老哈卜拉姆求教，從而延伸到感情問題。就算是絕頂智者，也沒法為她解決單戀的苦惱。她只能騎着白馬返回中原。全書最後一段文字如下：

白馬已經老了，只能慢慢的走，但終是能回到中原的。江南有楊柳、桃花，有燕子、金魚……漢人中有的是英俊勇武的少年，倜儻瀟灑的少年……但這個美麗的姑娘就像古高昌國人那樣固執：「那都是很好很好的，可是我偏不喜歡。」

很多讀者早已忘記了整部小說的內容，但卻一直記得結尾的這句話：「那都是很好很好的，可是我偏不喜歡。」。

金庸筆下千萬字，唯此一句最動容。

少年時我們都欣賞執着的人。對於感情，趙敏說，我偏要勉強。李文秀說，我偏不喜歡。都是那麼酷。都讓不願被世俗左右的我們，有那麼深的共鳴。

但是，每個人都在一天天成長，會變成熟，也會遇上不同的人。關鍵是要先走出那一步。

李文秀決定返回中原，是人生中最正確的選擇。

處理單戀的最好方法，就是距離上的遠離。遠離，才能重生，接觸到更廣闊的世界。

許多年後，身在中原的她或許會驀然發現，從前日思夜想放不下的那位哈薩克少年，其實只是自己的執念。其實，沒有甚麼偏不喜歡，那不過是在跟從前的自己較勁。

總有一天，江南的楊柳、桃花、燕子、金魚會打動她。漢人中英俊勇武的少年，倜儻瀟灑的少年，會給她不一樣的感受。即使她忘不了塞北的狼煙與落日，南國的暖風和春雨也會悄然浸潤她的心靈，注入無限生機。

到那時，當她偶爾想起曾經那麼執着的單戀，嘴角會浮現出釋然的笑顏。

四、《越女劍》是在警告女生，具備這三個特徵的大叔，千萬別心動別倒追

少女愛大叔，這是影視劇拍爛的橋段，在韓劇日劇中尤其盛行。雖然劇情俗套，不少女生仍然看得津津有味，甚至在現實中也把大叔視為搶手貨，不惜倒追示愛。她們還半開玩笑的喊口號：嫁個大二十歲的大叔，人生少奮鬥二十年。簡直太合算了！

但是，大叔也有很多種。有一種很受歡迎的高端大叔，既有權又有錢而且還才貌雙全，但卻不是忘年戀的好對象。你若對他心動倒追，只會竹籃打水一場空。《越女劍》所寫的范蠡，就是這種類型的代表。

范蠡（公元前五三六年—公元前四四八年），字少伯，是春秋末期的著名人物。金庸在《越女劍》這部短篇小說中，把他當作男主角來刻劃，進行了合理的藝術虛構，令其形象較歷史書上的范蠡更加栩栩如生。

而女主角阿青，則是純虛構的人物。在多數金庸迷的心目中，這個年僅十六七歲的少女，是整個金庸武俠世界的第一高手。

因為金庸筆下的幾乎所有高手，再厲害也無法在戰場上正面硬撼軍隊。阿青是唯一的例外，小說結尾寫她一人獨闖吳王宮殿，「二千名甲士和二千名劍士阻擋不了阿青」。這是金庸最初發表在《明報晚報》上的連載版原文。

足足四千人的軍隊，都無法抵擋阿青手中的一根竹棒。後來修訂版改為「一千名甲士和一千名劍士」，把軍隊的總人數減半，依然無損此段描寫的震撼性。難怪有讀者評論說，阿青已經不是人間的俠女，分明是仙女的級別。

可惜，這個仙女愛上了范蠡。

范蠡的官職是「越國大夫」，相當於今天的副省級領導。他一門心思想的是如何打敗吳國，事業心異常強烈。

男人有事業心很正常，但事業心強烈到具備壓倒性地位，可以用生命中的一切去交換，這就很不正常了。

范蠡為了達到目標，不惜犧牲愛情，把真心相愛的西施獻給夫差。或許他自以為是忍辱負重動機高尚，但這種行為實在讓人不敢恭維。其卑劣的程度，與《説岳》中的秦檜不相上下。秦檜把老婆王氏獻給金兀術，何嘗不是在「忍辱負重」？二者沒有本質區別，都是以自戴綠帽的方式使用美人計，必要時可以突破人性的一切底線，非常狠。

可能有讀者覺得言重了，金庸筆下的范蠡對西施一直念念不忘，絕非狠心薄情之輩。確實，范蠡回憶與西施初遇的情景，逐一講述她的眼睛、皮膚和嘴唇是如何動人，這段文字寫的蕩氣回腸，就像一篇散文詩。

可是別忘了，當他深情回憶娓娓道來時，阿青就坐在他身邊。她懷着複雜的心情分享了他的痛苦。

每個大叔心裏都藏着一個白月光，偶爾想要向人傾吐失戀的痛苦，這無可厚非。但真正有道德感的男人，只會向親人傾吐，向兄弟傾吐，絕對不會向剛認識不久的小女孩傾吐。

古龍説：「男人的痛苦就像女人的乳房，不願輕易讓人看。」（《七種武器之霸王槍》）誠哉斯言！因為在男人的潛意識裏，把自己的脆弱暴露給女生，會損害自己的形象，很不妥。如果一個是久歷滄桑的大叔，一個是涉世未深的小女孩，當他飽含深情的談起初戀時，不管是有意還是無意，都會撥動小女孩的心弦，帶來曖昧的氣氛。

更重要的是，范蠡之所以陪阿青去牧羊，對外宣稱是想通過她尋找劍術高手白公公。也就是說，這是一件公事。在本該談公事的場合，突然談起了私人感情問題，這樣的行為無論怎麼看都有瓜田李下之嫌，有點渣。

阿青並不是傻瓜，她當然知道范蠡在公事上有求於己。她也不是全無心機的傻白甜，為了愛情她也曾偷偷作出努力。

她一直沒有告訴范蠡，他想找的白公公，其實是一隻白猿。這是為甚麼？把一頭猿稱呼為「公公」，必然會導致誤解，這是五歲小孩都知道的常識，她為甚麼不解釋清楚？

當然是因為她喜歡范蠡呀！她天真的認為只有隱瞞這個真相，才能讓范蠡有求於她，千方百計把她留在身邊。

如果范蠡一開始就知道白公公不是一個人，他還會不會對她這麼好，把種滿最名貴花卉的花園，都慷慨的讓給她的羊群肆意踐踏？

大概率是不會的。

所以，在她陪伴范蠡等待白公公的那五天時間裏，她的心情十分複雜。必然有因欺騙而產生的愧疚，同時又期待這樣的日子永遠持續下去，白公公最好永遠不要出現。

可是白公公最終還是出現了，她的謊言不拆自穿了，從那一刻起她就知道，自己的期待落空了，沒辦法再繼續帶着范蠡放牧聊天，享受着欺騙而來的快樂。

但其實，被欺騙的是她！范蠡才是那個可惡的撒謊者。表面上看他沒有說一句假話，他用的是更高端的方式來欺騙——精心釋放出中年大叔的所有魅力，坐等小女生情不自禁的傾倒。

他對阿青所有的溫柔所有的好，都是建立在「有求於她」這個基礎上。自始至終，他盤算的都是如何從白公公那裏學到劍法，憧憬的都是未來和西施在一起的生活。

阿青不是不懂這個道理。她面臨的是一個兩難抉擇——你喜歡的那個男人，有一項最重要業務有求於你，你是應該幫他，還是不幫他？

幫他，就是在默默付出。付出的越多，最後必然越傷心。

不幫，就是馬上 Game Over（遊戲結束）。

阿青最終的選擇，是向越國劍士傳授了三天劍法，就悄然隱退。因為她真正看透了范蠡，明白了他是一個怎樣的人。這是一個事業心強到變態的大叔，這是一個念念不忘白月光、而且會向認識不久的你傾吐痛苦的大叔，這是一個在最重要業務上有求於你的大叔。你永遠不可能獲得這個大叔的愛情，和他修成正果。

年輕的女孩子們，若你也遇到這樣的大叔，切勿有一絲一毫的幻想，早早避之則吉。

五、已婚渣男還有哪些高招？《天龍八部》中有個人比段正淳更善騙

一輩子這麼長，誰的人生中，不曾遇到幾個渣男？

不知道從甚麼時候起，這句話隔三岔五的在朋友圈刷屏。不少文章還總結了渣男的諸多套路，比如善於甜言蜜語，聲稱遇到了真愛；訴說過去的感情不幸，博取女方同情；隱瞞婚姻狀況，從不帶女方見朋友等等。

其實，這些都是「低端」渣男的招數。

「高端」的招數是甚麼樣的？翻開金庸先生寫的武俠小說，各種各樣的渣男活靈活現。光是在《天龍八部》中，就至少有四個渣男的手段相當高明，其中有兩個是已婚的，兩個是未婚的。

本篇先來談談已婚的渣男。

第一個是段正淳。他貴為大理國鎮南王，屬於「副國級」領導人，正妻刀白鳳具有很強的男女平等意識，早在一千年前，就堅決捍衛一夫一妻制度，不允許丈夫納妾。

但是風流成性的段正淳，仍然玩了多場婚外戀。書中正面寫到的就有秦紅棉、甘寶寶、阮星竹、康敏和阿蘿這五個女人。她們對他都是愛恨糾纏，一直到死都餘情未了。

年輕時無知被騙可以理解，但她們都已經三十多歲了，為甚麼還這麼天真，還會再次被這個負心男人欺騙？筆者認為最重要的原因之一，是段正淳的記憶力特別好，能牢牢記住和每一個女人相處時的細節。

記住一個女人的細節不難，難得的是記住那麼多個人，而且絕不混淆。這是大部份「低端」渣男，都既不具備天賦、也懶的去練習的高超本領。

網絡上有教程，教渣男怎樣同時周旋於多個女孩之間，其中一條是對她們所有人都用同樣的稱呼，比如統一叫「小乖乖」或「寶貝」，這樣就不至於搞混了。人數一多，連稱呼都會記錯，就更不用說其他細節了。這樣的渣男，很容易就會露出馬腳，令女人失望、醒悟，放棄幻想。

高端渣男不是這樣的，他們就像段正淳，非常用心的記住了那些動人的細節。

對秦紅棉，段正淳始終記得第一次親熱時説的話：「修羅刀下死，做鬼也風流」，相隔十八年後重逢，馬上就把這句話説了出來，令秦紅棉「全身一顫，淚水撲簌簌而下，放聲大哭」，所有恨意都煙消雲散。（修訂版第七回）

對甘寶寶，段正淳始終記得兩人最後一次親熱的具體日期，十六年後一看到她女兒鐘靈的生辰八字，就確定這是自己的私生女。（修訂版第九回）

對阮星竹，段正淳始終記得年輕時為她寫的一首詞。兩人多年後舊情復熾，在小鏡湖方竹林同居時，牆上掛着一張條幅，上面就是他親筆寫的這首詞。

在最早的報紙連載版中，這首詞是抄錄元代邵亨貞的《沁園春．美人目》，修訂版改為北宋張耒的《少年遊．含羞倚醉不成歌》。此外，舊版原本有一句話，寫蕭峰發現該條幅「紙質黃舊，那是寫於十幾年前的了」。而在修訂版中，這句話被刪掉了。

從修訂版的上下文來看，金庸顯然是想告訴讀者，這個條幅是段正淳重遇阮星竹之後，特意為她書寫的。條幅末尾的註解「書少年遊付竹妹補壁」，也表明這是原來就寫過一次，近期又「新補」的條幅。這麼一改，段正淳「記住細節」的特徵也就更加突出了。（連載版第六十章、修訂版第二十三回）

對康敏，段正淳記住的細節更多，不單記得「那天晚上你香汗淋漓，我也曾給你抹了汗來」；記得「你頭上那朵茉莉花」，連自己親口發過的毒誓「我説讓你把我身上的肉，一口口的咬下來」，都記得一字不差。（修訂版第二十四回）

這種對於多年前細節的超強記憶，是很能打動女人的。今時今日更是如此，尤其是在「同學會」的場合。

人到中年，重逢二十年前的老同學，對方居然記得自己當年的一點一滴，從愛吃甚麼零食到最討厭哪個老師，從上課答不出某個問題到下課玩了某個遊戲……聽着他用那深情款款的語調説出來，心底塵封已久的記憶突然被喚醒了，頓時覺得當年的人、當年的感覺都特別美好……於是進一步認定：他一直都愛着我，所以才會把這些雞毛蒜皮的小事，都牢牢記在內心深處這麼多年。於是在衝動之下，就心甘情願跌入了溫柔陷阱。

其實，這不過是已婚男人的一種招數而已。當你不知不覺陷進去，開始認真思考兩人的未來，流露出想要長久的意願時，他們一定會也像段正淳那樣，能騙就騙，能躲就躲，能賴就賴，能拖就拖。

事實上，段正淳用的最多的招數就是欺騙。他對秦紅棉説：「我沒有一天不在想念你」；對甘寶寶說：「你跟我逃走！我去做小賊、強盜，我不做王爺了！」對康敏說：「你跟我一起回大理去，我娶你為鎮南王的側妃。」這些都是虛情假意的欺騙。用精準的回憶、生動的細節包裝之後，這些謊話聽起來才會格外具有誘惑力。（修訂版第七回、第九回、第二十四回）

不過，《天龍八部》中還有另外一位已婚男，比段正淳更加善於欺騙。段正淳再怎麼渣，也沒想過拋棄結髮妻子。但這個已婚男，卻對妻子動起了歪腦筋，精心佈置了一場針對妻子的大騙局。

他就是逍遙派的老掌門人無崖子。

無崖子和同門師妹李秋水結為眷侶，曾經隱居在大理無量山劍湖之畔的石洞中，逍遙快活，勝過神仙。兩人還生下了女兒阿蘿。

有一個細節值得留意，阿蘿以王夫人的身份出場時，年紀還不到四十歲；而李秋水卻已經八十多歲了。由此可見，李秋水是在四十多歲時，冒着高齡產婦的風險，為無崖子生下女兒的。

很可惜，無崖子並未因此而感動。他處心積慮想要結束這段婚姻，但又不想背負上渣男的惡名，於是他從山中找到了一塊巨大的美玉，照着李秋水的模樣雕刻一座人像，雕成之後整日望着玉像出神，從此不再理睬妻子，對她的説話「答非所問、聽而不聞」。

李秋水非常痛苦，此後的四十多年，心中始終有個巨大的疑問：「那玉像也雕刻得真美，可是玉像終究是死的，何況玉像依照我的模樣雕成，而我明明就在他身邊，他為甚麼不理我，只是痴痴瞧着玉像，目光中流露出愛戀不勝的神色？」

一直到臨死之前，這個謎底才揭開，原來無崖子愛上了李秋水的妹妹。姐妹倆的容貌非常像，區別之處僅是妹妹有酒窩，右眼旁還有顆小黑痣，而姐姐沒有。無崖子後來專門為這個真正的意中人畫了一幅畫，非常細緻的畫出了她的這兩個特徵。（修訂版第三十七回）

大多數讀者閱讀這段劇情時，都沒有去細想一個非常值得深究的問題——無崖子之前雕刻的那個玉像到底是誰？

假如雕刻的也是李秋水的妹妹，那它理應也有「酒窩」和「小黑痣」這兩個特徵，那麼李秋水一開始就會發現真相，知道無崖子愛的不是自己。

假如雕刻的是李秋水本人，那無崖子有甚麼必要每天「痴痴瞧着玉像，目光中流露出愛戀不勝的神色」？對她的真人都已經沒有感情了，對她的雕像為甚麼反而會產生如此狂熱的喜愛？

唯一合理的答案是：這種狂熱的喜愛，是表演出來的！是無崖子特意演給李秋水看的好戲。

從本質上說，無崖子為了讓婚姻破裂，採取的是「冷暴力」的手段。這也是今時今日的男人，想拋棄老婆另娶第三者時慣常的做法。他們希望在第三者被老婆發現之前，先用「冷暴力」的方式摧毀婚姻，最好能讓老婆忍受不了，自己提出離婚，那就達到了目的。

然而，女人天生都是敏感的，如果男人突然對自己不理不睬，每個女人都會馬上猜到，男人是因為心中另有所愛才會變成這樣，然後女人就會立刻去調查第三者，從而發現男人的秘密。

深謀遠慮的無崖子，肯定也明白這個道理，於是想出了「對着玉像發痴」的招數。這麼做有以下兩大好處：

第一，混淆了李秋水的視線。她以為無崖子是藝術家的毛病發作，愛上了親手雕刻的作品。她傻乎乎的吃起了玉像的醋，並未懷疑到自己的親妹妹。假如沒有這個玉像，光是用冷暴力來對付李秋水，她必然會產生疑心。

第二，給李秋水施加巨大的心理壓力。如前所述，生完女兒的李秋水已經四十多歲了，而玉像雕刻的卻是十八九歲的少女形象，也就是年輕時的李秋水。

這其實是在向李秋水暗示：你已經是個面目可憎的更年期婦女，不再是過去那個可愛的少女了。是因為你改變了太多，我對你的感情才會消失。

以上這兩點，小說中雖然沒有直接寫出來，但筆者個人認為這都是合理的推測。各種跡象都顯示，無崖子有非常充份的表演動機。那他有沒有表演的能力呢？

當然有！

別忘了，他不僅武功高強，還是個「琴棋書畫，醫卜星相，工藝雜學，貿遷種植，無一不會，無一不精」的全才，這些本領他全部傳給了大徒弟蘇星河，而蘇星河後來收了八個弟子，每個只學到一門本領，其中有個弟子李傀儡，學的是「扮演戲文」（修訂版第三十回）。由此可見，身為祖師爺的無崖子，對演戲也是很有研究的。

當然，每天都對着玉像演獨腳戲，日子久了也難免會入戲，某些時候可能確實把玉像當成了意中人，達到了「人戲難分」的境界。但這也令他的表演更加逼真，以今天的標準來看，他完全有資格去拿一座小金人。

之後的劇情很順利的按照無崖子的設想發展下去，李秋水沉不住氣，主動和他吵架鬧翻，出去找了許多俊秀的少年郎君，當着無崖子的面調情。他正中下懷，以此為藉口「一怒而去，再也不回來了」。這樁婚姻如願以償的宣告破裂。

我們有理由相信，無崖子還曾把他高超的演技，用到了同門師姐天山童姥的身上，令後者誤以為他對自己有意。這麼做的目的，是為了進一步混淆李秋水的視線。果然，李秋水和天山童姥互相爭鬥了一輩子，都把對方當作情敵，到臨死之前才知道上了這個渣男的當。

今時今日的已婚渣男，不太可能有無崖子這麼好的演技，也不太可能有雕刻的本領。不過如果有一天，他拒絕和你溝通交流，只會反覆抱怨「結婚之前的你是如何如何可愛」時，你千萬要小心了。那是他在心裏為你雕刻了一座玉像。

想一想李秋水的下場，聰明的女人都知道該怎麼做。

未婚的渣男又會有哪些高招呢？下一篇再詳談。

*註：本文引用的部份劇情，在《天龍八部》的世紀新修版中有重大變化。讀者可自行比較。

六、不撩妹的男人，或許更擅長操縱感情，就像《天龍八部》中這個渣男

一般人印象中，渣男都很善於撩妹，聊天時會説各種甜言蜜語。對於這種「口花花」類型的渣男，很多女孩早就有了戒心，已經鍛煉出了強大的免疫力，不會輕易墮入情感陷阱。

然而，這世上還有另外一種類型的男人，表面上看完全不懂如何撩妹，不會説肉麻的甜言蜜語。聊天的時候一本正經，説的都是工作和理想，怎麼看都是個正能量滿滿的成功人士。這種人，確實有可能是真正的好男人。但也很有可能，是渣男中的高手，不需要用甜言蜜語，就能操縱女孩的感情。

在金庸小説《天龍八部》中，就有一個這樣的高手，操縱感情的本領，比他的武功還要厲害。他就是以「以彼之道、還施彼身」絕技聞名天下的慕容復。

按照今天的標準，慕容復不僅是典型的高帥富，還是個真正的貴族。他的祖先是五胡十六國時期的大燕皇帝，昔年曾威震河朔，打下了錦繡江山。滅國後的慕容家族隱居於民間，將皇室血統一代一代的流傳了下來。

在事業上，慕容復也算相當爭氣，「北喬峰（蕭峰）、南慕容」的響亮名聲，雖然大部份是他老爹慕容博掙下的，但他十八歲成年之後，把這個名聲守住了近十年，一直到在少室山上被段譽、蕭峰先後打垮，才從天上跌落地下。這是對手太強的緣故，倒也不能完全怪他。

垮掉之前的慕容復，是《天龍八部》整部小說中綜合條件最好的男人。他出場時「身穿淡黃輕衫，腰懸長劍，飄然而來，面目俊美，瀟灑閒雅」，實在是太光彩奪目了，以至於段譽這個「準皇太子」，看到他都自慚形穢，驚嘆：「人道慕容公子是人中龍鳳，果然名不虛傳。」（修訂版第三十一回）

可惜的是，這個如此出眾的高帥富，在愛情上是個地地道道的渣男。

他不顧王語嫣對他的深情厚意，執意要去向西夏公主求親，以便借助西夏的兵力謀求復國。捨「愛情」而選「事業」，這是他個人的選擇，本身無可厚非。但他對王語嫣進行的「情感操控」，卻是從一開始就充滿了精心算計的味道，而且隱藏的很深，很多讀者甚至看不出他的套路。

王語嫣是慕容復的表妹，比他小十歲。在最早的報紙連載版中，她的名字叫「王玉燕」，一股濃濃的丫鬟氣息撲面而來。就連段譽看到這名字都愣住了，心想：「這樣美麗的一位姑娘，應當有個極雅致、極文秀的名字才是。王玉燕，那不是挺俗氣嗎？」（連載版第三十一章）

金庸修訂時把名字改為「王語嫣」，並借段譽之口解說是「語笑嫣然」的意思。這個改動確實很妙，和人物的形象更加搭配。不過，原來的名字其實另有深意。王玉燕，慕容復，這兩個名字正好是一對。男的名「復」，女的名「燕」，加起來暗含「興復大燕」的隱喻。

王語嫣從小就鍾情慕容復，一心一意想嫁給表哥為妻。她家裏有個圖書館，蒐羅了全天下各門各派的武學教科書。為了幫助心上人，她不惜耗費大量腦細胞，將所有教科書上數以萬計的武功招式，全部強行記憶了下來。她自己幾乎不會武功，但是無論任何人，只要在她面前施展了哪怕一招半式，她就能一眼看出這是甚麼武功，來自甚麼門派。

這相當於甚麼性質的工作呢？打個比方，就好比有個人不懂英語發音，不能親自跟老外交流，但卻把整套《牛津大字典》從頭到尾死記了下來。就連正宗英國人不知道的生僻單詞，只要寫給他看，他就能告訴你這個單詞的含義、來源、用法、同義詞和反義詞。

一個活生生的人，去做了電腦才應該做的事，已經很可悲了。更可悲的是，王語嫣認為慕容復不懂自己的心思。她哀嘆：「他一直不知道，我讀書是為他讀的，記憶武功也是為他記的。若不是為了他，我寧可養些小雞兒玩玩，或者是彈彈琴，寫寫字。」（修訂版第十二回）

慕容復是真的不知道，她是為了他才去強行記憶武功嗎？他當然是知道的。

作為一個夢想當皇帝的人，慕容復對於怎樣「收買人心」，是很有研究的。在少室山見到蕭峰被中原群豪包圍，他馬上想到要以打頭陣挑戰的方式，來「收攬人心，以為己助」（修訂版第四十一回）。王語嫣這樣一個單純少女的小心思，怎麼可能瞞得過他。

筆者一直認為，王語嫣會去強行記憶武功，表面上看是她的自願行為，但其實是慕容復「刻意引導」的結果。這一點，可以從兩人單獨相處時的細節看出來。王語嫣曾經向段譽傾吐對慕容復的幽怨之意，原文是這樣寫的：

他和我在一起時，不是跟我談論武功，便是談論國家大事……我為了要時時見他，雖然討厭武功，但看了拳經刀譜，還是牢牢記在心中，他有甚麼地方不明白，我就好說給他聽……（修訂版第十二回）

如果王語嫣是西夏公主，對慕容復流露出「討厭武功」的意願，他還敢整天對着她談論武功嗎？百分百不敢！他一定會知情識趣，挖空心思研究她的喜好，尋找她感興趣的話題來聊天。

可惜王語嫣不是公主，所以慕容復和她聊天時，掌握着絕對主動權，是話題的設定者和引導者。他當然清楚，表妹很想跟自己多説説話，但他故意只跟她談論武功，不談其他任何話題。

雖然書中沒有正面寫出來，但我們稍微想像一下，就能腦補出那幕場景——當她試圖談其他話題時，他立刻表現的很冷淡或者不耐煩，不願意再談下去。只有當她談武功時，他才會滔滔不絕神采飛揚。

這兩種反應一冷一熱，在他的刻意操弄下，完全可以做到冷熱各自趨向極端，反差極其巨大，令她感覺前者就像在地獄，後者就像在天堂。這樣一來，她就會不知不覺受到心理暗示，「自願」去閱讀、記憶那些枯燥沉悶的武學教科書。

王語嫣果然按照他的設想，變成了一部活動的「武學百科全書」。這對慕容復來說太重要了，他的「斗轉星移」絕技修煉的還不到家，遇到丁春秋、蕭峰和段延慶這類第一流高手時，都發揮不出威力。而王語嫣卻能憑借腦子裏記下的資料，在口頭比試上實現「無敵」。

以蕭峰的武功之強，王語嫣都能預先料到他會怎麼出招（修訂版第十四回）。在三十六洞洞主、七十二島島主的聚會上，王語嫣先後三次代慕容復回答口試題，準確程度驚人，引起全場震撼佩服。這些榮譽，卻都記在了慕容復的頭上，他們讚揚的是「姑蘇慕容門下，實無虛士！」（修訂版第三十三、三十四回）

而慕容復本人呢，三次都是毫無頭緒答不上來。毫不誇張的說，在那個場合他能維持住「以彼之道、還施彼身」的神秘感，令眾多高手以為這個家族精通天下所有武功，至少有一大半是王語嫣的功勞。

由此也可以看出，慕容復在事業上是很需要王語嫣的。其實他完全可以一開始就向表妹坦承，光憑我練的「斗轉星移」絕技，並不足以君臨天下，我需要你幫我強記住所有武功，這樣才能嚇住對手，令「南慕容」的名氣蒸蒸日上，王語嫣一定很樂意幫忙。

可是他偏不開口，他要王語嫣「自願」這麼做，這樣他才不會欠她的情。後來當他計劃去向西夏公主求親時，才能理直氣壯毫無愧色，沒有任何「辜負美人恩」的心理負擔。

慕容復的這種心態，就是典型的渣男心態。他採取的做法，也是「高端渣男」才會嫻熟運用的高明手段——你對我的所有付出，都是你心甘情願的，不是我要求你的。你就算背下了整套《牛津大字典》，也感動不了我，因為我根本沒有叫你這麼做啊，一個字都沒有。

今時今日的渣男，當他們需要女孩幫助自己成就事業，同時又察覺到那個女孩對自己有好感時，他們就會採取這種「刻意引導」的手段來實現目標。這在遠距離聊天的時代，表現的更加明顯。

如果你喜歡的男人，是個事業型的高帥富，平時在微信上跟你聊天，從來不關心你在想甚麼，只有聊到有助他發展事業的話題時，才會變的滔滔不絕。一旦稍微離題，他就不回覆了。你心疼他壓力大時間少，主動為他做了很多事，付出了大量精力和心血，卻無法確定他是否對你也有好感。

這樣的男人，毫無疑問就是慕容復。

他或許對你是有好感的，但婚姻對他而言，本身就是成就事業的一種手段。假如有機會遇到一位「西夏公主」，他會毫不猶豫的去進行「政治聯姻」。

早點看清這一點，你就不會成為下一個王語嫣。

工作與事業篇

七、明明很努力為何不成功？因為學郭靖的人很多，像周伯通的太少

在公園散步，聽到前面有個年輕人在向長輩訴苦，說他雖然很喜歡自己的工作，但壓力太大，苦不堪言，正在考慮轉行。

長輩勸他再堅持一下。他搖頭說，實在堅持不下去了。為了自我提升，工作之餘還報了不少學習班，付出了超乎常人一倍的努力，已經心力交瘁。

長輩不太高興，說人生本來就要努力，成功哪有不辛苦的？還舉了些例子，試圖證明堅持到底就會迎來勝利。

筆者沒有聽到更多內容，不清楚具體情況和來龍去脈。不過談到「努力」以及「堅持」的話題，不由想起了《射鵰英雄傳》這部小說。

這部小說裏最努力的人，無疑是郭靖。

作為一個資質很蠢的人，郭靖完全是靠着刻苦奮鬥，努力學習諸家之長，克服了常人難以想像的困難，才練成驚世駭俗的武功，名列「天下五絕」之一。他的拼搏精神固然值得欽佩，可是筆者一直覺得，他的學習心態是很有問題的。

郭靖的啟蒙老師江南七怪，教授武功的方式簡單粗暴，動不動就一個耳光摔過去，而且一點也不重視培養興趣，灌輸給他的學習動力僅僅只是為了「報仇」。這對郭靖的心理影響是非常巨大的，後來他雖然拜在博導級名師洪七公的門下，學招之時也沒感受到任何樂趣。

他學武的法門，就是「人家練一朝，我就練十天」。（修訂版第十二回）在練成了全套「降龍十八掌」之後，郭靖內心深處的真實想法，仍然是完全體會不到練武有甚麼樂趣。他之所以練武，是因為「師父要我練，我就練了」。（修訂版第十六回）

翻遍整部小説，從頭到尾，郭靖的練功方式都充斥着一個「苦」字。跟着江南七怪時，苦學。跟着洪七公時，苦練。跟着周伯通時，苦記。被歐陽鋒強迫練武時，苦熬。

與郭靖成為鮮明對比的，是他的義兄周伯通。

綽號「老頑童」的周伯通，從來都沒覺得練武辛苦。對他來説，練武是一件非常好玩的事。他發明「左右互搏」之術，整整十五年時間，都沒想過這種技能可以令武功增強一倍。他想的是有了這種技能，可以「自己跟自己打架」，很好玩。（修訂版第十七回）

他告訴郭靖：「習武練功，滋味無窮。世人愚蠢得緊，有的愛讀書做官，有的愛黃金美玉，更有的愛絕色美女，但這其中的樂趣，又怎及得上習武練功的萬一？」。

他甚至說：「一個人飯可以不吃，性命可以不要，功夫卻不可不練。」（修訂版第十六回）

到將近百歲高齡時，他對武功的濃厚興趣仍有增無減，不顧身份的向比他小三輩的楊過下跪拜師，只為一睹「黯然銷魂掌」的全貌。（修訂版《神鵰俠侶》第三十四回）

周伯通的境界，可以用一個字概括，就是「痴」。

這個世界上，擁有這種境界的人是少數。這種人的特點是，一生就只專注、痴迷於一件事。甚至可以說，他的生命就是為了這件事而降生的。普通人很難理解這種人的境界，往往會覺得這是個怪人，對快樂的理解太過狹隘。

他們會覺得，除了你喜歡的這件事之外，人生還有很多東西都能帶來快樂呀。為甚麼你不去試一試？試過了，也許你會發現更大的快樂。

對一般人而言，這種想法的確有道理。可是對一個真正的「痴」人來說，卻是夏蟲不可語冰。

因為沒有「痴」氣的人，是永遠無法明白「痴」人達到的那種痴迷狀態。那已經不單是「享受」兩個字可以形容了。

錢鍾書為了做學問皓首窮經，啃完了一部又一部艱澀難懂的巨著，光是筆記都有幾百萬字。陳景潤為了攻克哥德巴赫猜想，窮年累月的埋頭計算，光是稿紙都積累了好幾麻袋。他們會覺得這是苦差嗎？會覺得自己是在「刻苦」嗎？

不，不會的。他們一定覺得很快樂。他們對自己從事的事業，都很痴迷。

所以，光是找到自己「喜愛」的事業，並不夠。喜愛的程度，要能達到「痴迷」這麼強烈才行。「痴迷」於某件事的人，絕對不會覺得自己是在「刻苦奮鬥」。廢寢忘食是再自然不過的舉動，無論是早起看到凌晨四點的洛杉磯，還是晚睡看到凌晨三點的北京城，都不會覺得苦。

這類「痴迷」型的人，往往很單一，而且很有趣。就像周伯通那樣，是個很好玩的老頑童。

你以為周伯通只是小説裏的人物，是金庸虛構出來的。就像孫悟空、豬八戒那樣，現實中是不存在的。其實，現實中真的有這種人。在外部條件差不多的情況下，對某項事業非常刻苦的人，一定競爭不過對這項事業非常痴迷的人。

郭靖最後能成為絕頂高手，把武功練的跟周伯通一樣強，最主要的原因不是因為他刻苦，而是因為他的運氣實在太好，先服了大蝮蛇的寶血，後來又遇到黃蓉、洪七公這些貴人，再加上獲得了獨一無二的教科書《九陰真經》。

現實生活中的人，不太可能有這麼好的運氣。

所以，我們一定要放棄「努力就能成功」的心理預期；放棄「堅持就是勝利」的自我安慰。想做成一項事業之前，先問一問自己，對這項事業的熱愛程度，有否達到如周伯通般的痴迷境界。這比學習郭靖的刻苦精神更加重要。

在這個加班狗遍地走、人人都是勞模的年代，過勞死都已經不是新聞了，就算完全複製了郭靖的刻苦精神，又有甚麼用呢？或許可以堅持十年二十年，卻不可能堅持一輩子。

唯有達到「痴」的境界，才能一輩子都像周伯通那麼快樂。在奮鬥的過程中，沒有那麼多悲情，自然而然就把所有的艱辛困苦都甘之如飴。

再分享一個小故事：十多年前，筆者曾採訪過一位中科院院士。他的名字叫謝聯輝，是頂尖的植物病理學家。

謝院士對自己研究的學科就非常痴迷，談了一個多小時，反覆告訴筆者這門學問是多麼的好玩、多麼的有趣。筆者對此卻是一竅不通，很想把話題帶到「拼搏精神」上去，但卻始終不得要領。

好不容易才聽謝院士吐露一個細節：為了採集植物樣本，他年輕時曾在夏天頭頂烈日，冒着三十五度以上的高溫酷暑，連續多日到山上、到田裏揮汗如雨的工作。

「嘩，謝老您這種刻苦奮鬥的精神，是我們年輕人學習的榜樣。」筆者情不自禁這樣說。

謝院士卻說：「不，不，我一點都不覺得苦啊。我覺得很快樂。」

「被太陽暴曬着從事體力活，怎麼可能快樂呢？」筆者當時很不理解。

謝院士像個孩子一樣笑了起來，一邊笑一邊執着的說：「我就是很快樂，真的很快樂。」

採訪完畢，起身相送時，他還再三叮囑筆者，寫報道時千萬不要出現任何「刻苦」的字眼。

十多年過去，筆者已經忘記了那篇報道後來是怎麼寫的。從標題到內容，都忘得乾乾淨淨。唯有謝院士說「我很快樂」的這個細節，還有他那真正快樂的笑容，一直留在記憶中。

八、作為打工仔，深深覺得呂文德是最好的領導

呂文德何許人也？看過金庸小說的人都知道，他是南宋安撫使，長期鎮守襄陽城阻擋蒙古兵南下。

金庸筆下的呂文德貪生怕死、庸碌不堪，其實歷史上的他沒那麼糟糕，雖然並未守過襄陽，但的確率部擊退過蒙古軍隊，曾在一年內連傳捷報達二十七次之多，就戰績而言也算是個抗蒙名將。

可惜呂文德比較貪財，而且勾結奸相賈似道，任人唯親，這大概是金庸不喜歡這個人物，刻意把他醜化的一大原因。

儘管如此，這個被醜化了的呂文德仍然是個正角，無論以古代的標準還是今天的標準來看，他都是第一流的管理人才，是最好的領導。

如果把襄陽城看成一個大企業，它的機構重組是非常成功的，在《射鵰》結尾時它是一家純粹的國有企業，到了《神鵰》階段變成了一個混合制集團。

朝廷原有的編制是一個派系。郭靖黃蓉帶來的丐幫子弟兵是一個派系，除此之外還有大理國派系、全真教派系等各類人物，哪一個都不是等閒之輩。

在這個改制之後的集團裏，呂文德的角色相當於董事會主席，而郭靖相當於CEO。前者是公有制企業黨委書記，後者是民間資本掌舵人。兩者怎樣才能順利融合，非常考驗一把手的智慧。在融合的過程中，呂文德展現了驚人的包容力。光是這一點，就值得大多數人好好學習。

郭靖第一次到襄陽城，就假傳聖旨當眾高呼「襄陽安撫使呂文德昏庸無能，着即革職。」（修訂版《射鵰英雄傳》第四十回）雖然他的出發點是為了解救危難迎戰蒙古兵，但造成的事實就是奪權，其性質比帶人上門搶公章更加嚴重。

換了一般人，必然怒火萬丈。好傢伙，你敢奪我的權，我當然要給你點顏色瞧瞧。至於企業本身的前途，那是次要的事。就算把企業玩破產了一拍兩散，老子也不讓你佔到半點便宜。

呂文德沒有這麼做。蒙古人一退兵，他就親自去拜訪郭靖當面道謝。既沒有追究假傳聖旨的罪名，也沒有想過將郭靖的功勞據為己有。

二十年後，郭靖正式開始助守襄陽，呂文德對他百分百的信任。全城總共只有兩塊令牌可以夜間開城，郭靖拿了其中一塊（修訂版《神鵰俠侶》第二十七回）。

在具體的軍事事務上，呂文德完全聽從郭靖的意見，從來沒有發生過外行指導內行、熱衷瞎指揮的現象。

忽必烈首次率軍攻襄陽，呂文德起初比較保守，命令閉城放箭不顧百姓死活，郭靖卻執意放百姓進城，當眾駁斥他的主張，一點都不給面子，然後不等領導點頭就率部屬直接殺了出去。

堂堂安撫使大人，再次在眾目睽睽之下顏面掃地。他依然沒有介意，當郭靖縱馬奔回時，他發自內心的大喜，激動的扯起嗓子喊叫「郭靖兄弟，快進城！」（修訂版第二十一回）。

在人事管理上，呂文德也充份放權，郭靖不單可以自己調兵遣將，還能把兵權臨時轉給岳父黃藥師代為發號施令。

有士兵違反軍紀，郭靖可以直接命令捆綁斬首。連他的草包女兒郭芙，都備受尊敬，城門守將見到她也要「極是謙敬，郭姑娘前，郭姑娘後的叫不絕口」（修訂版第二十七回）。

薪酬待遇方面，小說沒有提及，但看看朱子柳送給郭襄的金釵，釵頭的一顆明珠都價值百多両銀子（修訂版第三十三回）。如果不是報酬豐厚的話，他怎麼買的起，又怎麼能送的如此慷慨。朱子柳都有這麼充裕的財力，郭靖就更可想而知了。

另外有大批丐幫弟子加入軍隊，他們就算不是從朝廷領軍餉吃皇糧，至少也是獲得了在襄陽城公開乞討的資格，平時不必擔憂被驅逐。呂文德也沒強迫他們改變形象，一切都很寬容。

還有最重要的一點，呂文德愛請客但不強求。

從《射鵰》到《神鵰》，金庸總共寫了四次呂文德宴請郭靖的場面，郭靖拒絕了兩次，其中一次是在帥府專門為他一個人開席，慶功宴都已經擺好了，郭靖仍然婉言謝絕，理由是「我有遠客光臨，不能奉陪了」。（修訂版《神鵰俠侶》第二十回）

哇，真是太不識抬舉啦，領導專門宴請你，居然膽敢推辭！

至於襄陽大戰之後的祝捷宴，包括郭靖在內的全體豪傑都參加了。但是大家對座位自作主張，沒有按照呂文德的想法入座，令他暗自不悅。

可呂大人也只是在心裏嘀咕幾句而已，並未溢於言表。席間群雄們自開話題聊得十分起勁，沒人關注他的感受，害得呂大人完全插不進口（修訂版第三十九回）。可以合理推測，連插嘴都插不進去的領導，是絕對不會強行勸酒的，更加不會打人耳光逼酒。

綜上所述，這是個很有包容力的領導，懂得放權的領導，不瞎指揮具體業務的領導，慷慨請客但又不會強求你應酬的領導。

遇到這樣的好領導，夫復何求？

九、荒廢國產依賴洋貨，連載版金庸小說的高手們也曾犯下這個錯誤

金庸小說的粉絲們，多年來經常討論一個有趣的話題。為何《倚天屠龍記》中的諸多一流高手，不論是明教的左右光明使，還是武當派諸俠，對陣周芷若時幾乎無法招架，即使是全書公認的第一高手張無忌，抵擋她的九陰白骨爪時也相當吃力？而在《射鵰英雄傳》中，九陰白骨爪只不過是二流的武功。

很多人的結論是，從《射鵰》到《倚天》的一百年時間裏，中原武林的武功水平整體上出現了大倒退。假如梅超風穿越到了張無忌的年代，在鬧婚那幕場景中驟然偷襲趙敏，她的九陰白骨爪練的更加老辣純熟，說不定連張無忌也無法保住趙敏的性命。

為甚麼會出現這樣的大倒退？不同的讀者有不同的看法，很多人分析的相當有意思。不過，他們的理據都是引用修訂版的金庸小說文字。筆者作為連載版金庸小說的愛好者，自然想到要從最初的報紙連載原文中，去尋找答案。

武功，其實是一種技術。如果在某項技術的領域，來自外國的「洋貨」處於頂尖水平，本土的從業者養成了嚴重依賴的習慣，覺得直接使用洋貨對自身最有利，能夠以最快速度成為排名第一的領頭羊，從而減少甚至放棄了對國產貨的潛心鑽研，那在這個領域必然會發生嚴重倒退的現象。

在筆者看來，整個「射鵰三部曲」中，也存在這樣一個「洋貨」，代表外國武功的頂尖水平，令中原武林最厲害的高手們趨之若鶩，不約而同喪失了自創本土武功的熱情。當該「外國武功」突然停止流通時，國產武功自然遭受沉重打擊，這才是造成整體水平大倒退的最重要原因。

這個所謂的「洋貨」，就是大名鼎鼎的《九陰真經》。

等等，有沒有搞錯？《九陰真經》甚麼時候成了洋貨了？按照多數讀者的記憶，這部秘笈的作者名叫黃裳，是宋徽宗政和年間的官員，先通過閱讀五千四百八十一卷大道藏，悟得了武功中的高深道理，再耗費四十年心血，苦思破解明教敵人的招數，融會貫通成這部秘笈（修訂版第十六回）。他是地地道道的中國人，他流傳下來的武學寶典，當然也是地地道道的「國產貨」。

其實，以上這些內容，是金庸在修訂《射鵰》時改寫的。在最早的報紙連載版本中，《九陰真經》的作者並非黃裳，而是少林派的開創者達摩祖師，他是從天竺來到中土的宗教界人士。不僅如此，另一部武功秘笈《九陽真經》，同樣也是達摩祖師的著作。金庸大概是覺得，讓一個外國人奠定了整個「射鵰三部曲」的最高武學基礎，似乎略有「崇洋」之嫌，於是就都改成了正宗的中國人。

儘管如此，修訂版的《九陰真經》，也還保留着「外國學術著作」的痕跡，整部經最重要的總旨是用梵文寫成的。理由是：「……此經若是落入心術不正之人手中，持之以橫行天下，無人制他得住……中土人氏能通梵文者極少，兼修上乘武學者更屬稀有……他（即作者黃裳）如此安排，其實是等於不欲後人明他經義。」（修訂版第三十一回）

在筆者看來，這個理由是比較牽強的。首先，梵文號稱是世上最難的外語，只有對佛學有濃厚興趣的極少數人才會去學習。黃裳鑽研的是道家學問，好端端的怎麼會跑去學習梵文？怎麼看都感覺不太對勁。其次，把總旨改寫成梵文，只能保證最終能看懂整部《九陰真經》的人，是個既會中文又會梵文的人才，但卻不能保證這個人才是好人還是壞人。一個人是否懂外語，和他的品德是否正直，兩者之間沒有半點因果關係。黃裳這麼做，並不能減少整部秘笈被心術不正之人通盤掌握的概率。

我們再來看看連載版，在作者是達摩祖師的情況下，把總旨寫成梵文的理由是：「這經若是落入與佛法無緣之人手中，總是難詣極峰。若是換作別人，這些咒語一般的長篇大論，他也不會記熟心中。」（連載版第九十回）

相比之下，這個理由顯然更站得住腳。達摩祖師本身也是一位佛學大師，連載版中的《九陰真經》其實是一部以佛法為基礎的武功秘笈，其中必然牽涉到大量的佛法術語，用梵文來寫省掉了翻譯的麻煩。更重要的是，作為「天竺胡人」的達摩祖師，在陳述自己領悟到的最最高深的學問時，生怕中文表達的不夠準確，改為用「家鄉的母語」留下書面記錄，感覺更加符合情理。

總而言之，連載版中的《九陰真經》，是一部由外國人以外國的學術成果為基礎，用夾雜大量外語的方式寫成的著作。無論按照古代的標準還是今天的標準，這都是一部「外國技術教科書」。雖然在具體練功方法上，它必定吸收了很多國產武功的精華，但那也是「外國技術本土化」的結果，不能把它當成是中國國產的武功。

如前所述，對於這樣一項「外國頂尖技術」，整個中原武林都產生了集體性盲目崇拜心理，認為只要直接實行「拿來主義」，照着經文來練習就能成為絕頂高手。換言之，大家都喪失了「自主研發」的精神，沒有了潛心鑽研本土武功、自創最新招式的動力。尤其是連載版中的黃藥師，他對《九陰真經》的依賴達到了甚麼程度呢？原文是這樣寫的：

陳玄風臨走時自知目前這點武功，在江湖上防身有餘，成名不足，一不做二不休，竟摸進師父（即黃藥師）秘室，將師父賴以成藝的一部「九陰真經」偷了出來。（連載版第十九回）

請注意「賴以成藝」這四個字，毫無疑義的表明沒有《九陰真經》，黃藥師甚至不能練成武藝，更不用說成為五大絕頂高手之一了。我們可以合理推測，他後來從周伯通手中騙走了下卷經文，那其實並不是他首次接觸這部秘笈。因為在此之前，《九陰真經》已經在江湖上流傳好幾百年了（從達摩祖師的年代開始算起），練過經上武功的人非常多，只不過「練不到一年半載，總是被人發覺，追蹤而來劫奪」。黃藥師本人或者他的先人，一定曾經短暫擁有過《九陰真經》，雖然很快就被其他高手搶走，但已經足夠他憑借聰明過人的天份，根據其原理開創了桃花島武學。這就是「賴以成藝」背後隱藏的真相。

太過依賴《九陰真經》，對於個人而言造成甚麼樣的後果呢？後果就是，驚才絕艷的黃藥師，一度也像普通武林人士那樣，滿腦子想的都是「拿來照練」，失去了「自創新招」的熱情。在他將下卷經文騙取到手之後，最大的心願是「決意在桃花島上把《九陰真經》中所載的武功練全，要成為天下無雙，人間莫敵的第一高手。」（連載版第五十一回）

可惜這個心願被逆徒破壞了。陳玄風偷走了《九陰真經》，令黃藥師的美夢付諸東流。愛妻的亡故，更令他對這部秘笈的態度，由狂熱轉為憎恨。他逼迫周伯通交出經文，只是為了焚燒於愛妻墳前祭奠她。終其一生，他都沒有再練習《九陰真經》，因此也就沒能成為天下第一高手。

可喜的是，拋棄了這個外國頂尖技術，反而令黃藥師的自主研發精神被重新激發了，此後的數十年中，他至少新創了四項傑出的國產武術。

第一是新式的「掃葉腿法」（修訂版改為「旋風掃葉腿法」），可以令斷腿殘疾十五年之久的弟子陸乘風，重新回復行走的能力。第二是「奇門五行轉」絕技（修訂版改為「奇門五轉」），以郭靖在二次華山論劍時的身手，也完全抵擋不住。第三是專門為傻姑量身訂製的三招掌法、三招叉法。儘管只有六招，但既要保證連傻子都能學會，又要具備神妙威力，能把李莫愁這種級別的魔頭都嚇走，難度指數絕不亞於發明任何一種絕招。第四是用於群戰的二十八宿大陣，比全真教的天罡北斗陣更加厲害，多年後在襄陽城外立下了奇功。

正因為有這些輝煌的原創成就，黃藥師最終的歷史定位，才能是當之無愧的武學大宗師。假如《九陰真經》一直在他手裏，他將沉迷於鑽研這部「洋貨」，反倒難以為「國產武術」做出如此巨大的貢獻，很可能會成為另外一個郭靖。

郭靖大概是修練《九陰真經》最久、練得最全的人，張無忌對他的評價是「武功修為震爍古今」。就連身負百年神功的張三丰，回憶起練功時間還不到他一半的郭靖時，仍然自認「或者尚未能達到郭大俠當年的功力」（修訂版第三十一回）。可是讀者們想起郭靖，最多只會認為他是天下第一高手，不會把他看成是武學大宗師。毫不客氣的說，郭靖對武學本身的貢獻，差不多是零。

另外幾個絕頂高手的情形也和黃藥師相似。周伯通被困桃花島時，自創了空明拳和「左右互搏」兩大國產神技，但他意外練成《九陰真經》中的幾項武功之後，就甚麼發明都沒有了。歐陽鋒也曾自創了變幻莫測的「靈蛇拳法」，可惜逆練《九陰真經》後變成了瘋子，創造力徹底消失了。洪七公也未能免俗，首次見到歐陽克施展「靈蛇拳法」時，還曾連夜苦思如何以自身的原創招式破解，然而從他在明霞島上聽郭靖背誦經文開始，一直到他在華山之巔逝世，在武功創新方面都不再有任何作為。

唯一一個練過《九陰真經》，還能保持原創精神的人，是神鵰大俠楊過。他自創的「黯然銷魂掌」，無疑是國產武功的一大亮點。然而這種武功有嚴重缺陷，不具備「普遍可練性」，即使是楊過本人，在打敗了金輪法王後，相信也很難再次產生「萬念俱灰」的心情來使出這路掌法，更加不可能傳授給後代了。

所以，隨着郭靖黃蓉夫婦戰死襄陽，在《九陰真經》失傳的那近百年歲月中，中原武林相當於失去了最重要的技術支持，大家想的是怎樣找回《九陰真經》，重新獲得這項頂尖技術，而不是自主研發國產武功，在這樣的心態下，武功水平發生大倒退也就不足為奇了。

所幸還有張三丰這樣一個頭腦清醒的人士，從一開始就拋掉了幻想，專心致志自創全新的武功。但他畢竟獨木難支，整個中原武林普遍喪失了原創的精神，當周芷若驟然施展出九陰白骨爪時，所有人都一起品嘗到了嚴重依賴外國武功的苦果。

翻閱這幾段金庸小説，再想一想近期發生的新聞時事，相信每個人心中都會有所感悟。最後，筆者還想再補充一個細節：

黃藥師騙取《九陰真經》的下卷經文，是通過妻子這個「關聯第三方」來下手的，自以為神不知鬼不覺，不料最後還是敗露了。當周伯通找上門來指責時，黃藥師非但不肯認錯，反而一口咬定：「我看過的《九陰真經》，是內人筆錄的，可不是你的經書。」（修訂版第十七回）

嘖嘖，敢情把別人的研究成果照抄一遍，頂多換了個封皮，抄寫的筆跡是自己的，就變成了自己的東西。這種強詞奪理的嘴臉，實在有失大高手的身份。筆者深深覺得，鼓勵原創振興國產，應該先從承認錯誤開始。承認自己曾經抄襲，保證以後下不為例，才是正確的態度，才能真正脱胎換骨奮發圖強。

十、從事高風險行業必看《書劍恩仇錄》，紅花會是最佳反面教材

每個行業都有自己的風險，如果非要問哪一個行業風險最高，那肯定是政治投資。玩得好能帶來富可敵國的回報，玩得不好就是身首異處的下場。

最典型的例子是戰國末期的呂不韋，以全副身家扶助嬴異人登上秦國國君寶座，自己馬上位極人臣，榮華富貴不可限量。

雖然這位梟雄最終輸給雄才大略的嬴政，被迫自盡黯然收場，但好歹也曾掌握秦國政局實權十多年，總算是實現過自身的抱負，其謀略智慧絕對不容小覷。

相比之下，《書劍恩仇錄》這本小說裏的紅花會群雄，同樣也想成為「造王者」，卻把一手好牌打的稀爛，實在令人唏噓。

作為紅花會總舵主的陳家洛，堪稱是金庸小說中最憋屈的男主角，無論在愛情上還

是事業上都優柔寡斷昏招迭出，難怪倪匡將之評為「中下人物」。

紅花會的目標是反滿復漢，將清兵趕回關外。陳家洛從一開始制定的策略就是策反乾隆皇帝，且自認為成功的希望極高，因為他是乾隆的親兄弟。這真是「迷之自信」。稍微有點生意頭腦的人都該知道，在巨大的利益面前，兄弟之情根本不可靠。

更何況，在最早的報紙連載版上，陳家洛並非海寧陳閣老的親兒子，而是義父于萬亭的私生子（連載版第三十七回）。他和乾隆僅僅只是同母異父的兄弟，骨子裏流淌的是草莽豪傑之血，再加上從小素不相識，他對乾隆產生的那種強烈親情實在是莫名其妙。後來修訂版將兩人修改為同父同母，顯然是想將這一現象更加合理化，但卻依然不盡人意，感覺十分牽強。

因為你我是兄弟，大家一起賺利益。抱持這種想法的人，最後往往是既沒了兄弟也沒賺到利益。

先有共同利益，然後成為兄弟。這才符合人性。陳家洛不懂這個道理，這是他犯下的第一個錯誤。

第二個錯誤更嚴重。翻遍《書劍》全書的三個版本，都看不到陳家洛對「反滿復漢」

這件事做過任何戰略思考，甚至在潛意識裏，都不覺得有這個必要。

劉備也缺乏全盤戰略規劃的能力，但他清醒的認識到自身短板在哪，所以三顧茅廬去請諸葛亮。而陳家洛卻恰恰相反，智力堪比孔明的霍青桐自願幫他的忙，卻被他婉言謝絕。

雖然這裏有誤會吃醋的因素，但讀者都能明顯看出來，面對指揮千萬大軍揮灑自如的霍青桐，陳家洛內心深處是畏懼而疏離的，他真正需要的是香香公主這樣的「傻白甜」，對他無限崇拜。

而香香公主之所以崇拜他進而愛上他，是因為他攀越懸崖給她採了雪中蓮，打倒四個清兵救下一隻小鹿，這兩件事都是憑武功做到的。

可以這麼説，陳家洛空有儒俠的外表，本質上是個徒有血氣之勇的武夫。他對於自身能力的提高，全部體現在武力上，功夫的確是越練越強，後來還學會了「降龍十八掌」。

對的，你沒有看錯。陳家洛也會「降龍十八掌」。在報紙連載版上，「降龍十八掌」是少林寺的鎮山之寶（連載版第三十九回）。陳家洛與天鏡禪師過招時學會了這門神功，武力指數直接提升了一個量級。

可惜，萬里江山的興復大業，單憑武力是無法完成的。這一點，不單陳家洛認知不足，他的小夥伴們也都懵懵懂懂。

縱觀整個紅花會的十四位當家，只有七當家徐天宏以智謀聞名，然而看他在幾次事件中的出謀劃策，全都是戰術層面的投機取巧，屬於有點小聰明但缺乏大智慧。倪匡品評時稱其「鬼頭鬼腦，只是中下人物」，堪稱一語中的。如果用一個公司來比喻紅花會，這個公司的所有骨幹都是技術人員，不懂得如何玩資源，更加不懂如何進行商務談判。

陳家洛在六和塔上策反乾隆的說辭，自小說問世以來就屢遭群嘲。在這裏忍不住再引用一下倪匡的評語：「要拿一種權位去引誘一個人，必須這個人的原來權位比你出的條件要低才行，這是最簡單的道理。可憐陳家洛連這個道理都不懂，要勸誘一個皇帝去做皇帝。乾隆本來就是皇帝，何必脫了褲子放屁，多此一舉？」

陳家洛犯的錯誤，正是技術人員常有的毛病。他不光是說辭欠佳，還用錯了談判手段，在報紙連載版上，他命令二當家無塵道長和前輩陳正德當着乾隆的面，賭賽誰能殺死官階更高的軍官。這段劇情有將近兩千字，將這兩位高手的勇闖敵軍的全過程寫的精彩紛呈（連載版第二十二回），可惜在修訂版中全部被刪掉了。

私以為如果保留這段文字，更能表現出紅花會群雄可悲的認知缺陷。當他們進行最重要的商務談判時，依然把己方的「技術展示」作為主要手段，認為能以此懾服對方，這是這類人思維中又一重大誤區。

最後值得一提的是，紅花會還犯下一個非常低級的錯誤。他們僱用杭州名妓玉如意為香餌，順利綁架乾隆後，沒有採取任何反偵察措施，導致大內高手們很快就發現了其臥室暗藏的地道，通過獵犬迅速追蹤到六和塔下。要不是紅花會群雄武藝高強，或許早就被一網打盡了。

綁架皇帝這麼高風險的絕密任務，最核心的步驟居然被外判給一個歡場女子來執行，事後也沒有做好善後工作，不單是對事業本身不負責，也是對玉如意的安全不負責。

事實上，在報紙連載版中，這位風塵奇女子的結局相當淒慘。她冒着性命危險賺來的酬勞被官差洗劫一空，在荒山夜店中目睹逃壯丁的情郎重傷死亡，自己也絕望自盡（連載版第二十五回）。金庸在修訂版中將這段劇情也是整個刪除，沒有交代她的最終下落，總算讓讀者保留了一點美好的幻想。

十一、陳近南初見韋小寶，用了哪些面試技巧？

「我真名叫作陳永華，永遠的遠，中華之華。」這是陳近南收韋小寶為徒之後，鄭重其事做的自我介紹。

作為天地會總舵主，他和韋小寶第一次見面的全過程，其實質是大型民企BOSS（老闆）精心策劃的一次面試，考察競爭對手公司的年輕人才是否值得聘用，其中有不少教科書級別的技巧，值得今時今日的HR（人力資源部）借鑒。

首先是在接待禮儀上，陳近南給足了韋小寶面子，派了四個使者騎馬去迎接。這在今天相當於專車待遇。而且在迎接之前，他特意讓韋小寶看到天地會的事務是如何繁忙，有大批部屬急着要見面向他彙報工作。「大家伸長了脖子張望，均盼總舵主又召人前去相會，這次有自己的份兒。」（修訂版《鹿鼎記》第八回）他是抽出寶貴時間，優先見韋小寶，把此次會見排序在集團內部事務之前，展現出對後者的尊重和重視。

相比之下，今天許多高管的做法恰恰相反，招聘人才時非但沒有給予優先級禮遇，反而有意無意讓對方在等待的過程中，目睹自己對各個部門發號施令的情景，大概是想展現自己在這家公司的地位和權威。殊不知對於真正的人才來説，此舉起不到所謂的震懾作用，只會帶來反效果。

當韋小寶被請進陳近南的廂房，面試正式開始了。這本來是一段非常沉悶的「過場戲」，但在金庸筆下寫來卻是虎虎生威，於無聲處聽驚雷，含雄奇於淡遠之中。

兩人一見面，陳近南馬上對韋小寶給予極高讚許：「這位小兄弟擒殺滿洲第一勇士鰲拜，為我無數死在鰲拜手裏的漢人同胞報仇雪恨，數日之間，名震天下。成名如此之早，當真古今罕有。」（修訂版第八回）

這個高度評價連同之前的優先禮遇，實質上都是在給韋小寶壯膽，讓他盡量能以平等的姿態面對自己。因為陳近南的氣場太強大了，簡直令人望而生畏。他自己心裏也清楚：「天下不知多少成名的英雄好漢，在我面前都是恭恭敬敬，大氣也不敢透一聲。」（修訂版第八回）如果考察人才時對方也是這種戰戰兢兢的心態，顯然不利於了解真實水平。所以，他要把韋小寶抬高一些，讓後者更有自信。

接下來進入考察人才環節。高明的 BOSS 非常注重交流的技巧，既展示自己在這個行業具備極高水平，同時也會抱持實事求是的態度，以「知之為知之，不知為不知」的態度來和對方平等交流。

在最早的報紙連載版中，陳近南指出韋小寶的武功「架式是少林派的，內力卻是崆峒派的一些底子」，韋小寶恭維他「總舵主好厲害，一眼便瞧出我的功夫來歷。」陳近南卻坦承自己眼力不足，「內功如何，眼睛卻瞧不出了。剛才我用手扶你，試了試小兄弟的內力，發覺你學過一些崆峒派的內功，頗覺奇怪。」（連載版第二十回）

如果換了一個沉不住氣的 BOSS，直接開口質疑韋小寶並不具備擒殺鰲拜的實力，雙方馬上就會談崩了。陳近南卻沒有妄下斷言，仍然願意耐心交流，難怪韋小寶這個出名狡猾的傢伙，也變得十分真誠，非常難得的「一開口便是真話」。他把擒拿鰲拜時那些撒香爐灰迷眼、舉銅香爐砸頭的下三濫手段老老實實的和盤托出。雙方的互信基礎從這一刻就建立了起來。

這之後，陳近南正式決定招韋小寶加入天地會，擔任「青木堂香主」。對於這個十來歲的孩子能否勝任該崗位，他其實並無十分把握，但綜合考慮各項因素後，他還是勇於決斷當場拍板，「我天地會所作所為，無一不是前人從所未行之事。萬事開創在我，駭人聽聞，物議沸然，又何足論？」（修訂版第八回）有這樣的魄力，敢於破格提拔人才，才能令天地會這個組織蒸蒸日上、後繼有人。

除了給予高管職務，陳近南還把自身武功傾囊以授，將內功心法手冊贈予韋小寶。在武俠世界裏，絕世武功本身就是重要財富，此舉相當於預支了一筆金額龐大的薪酬，對新員工非常慷慨。

有讀者認為韋小寶一向好吃懶做，把練武視為負擔，不見得領情。其實這是金庸修改了人物設定，在最早的連載版中，韋小寶學武相當有天賦，回到皇宮也曾勤學苦練過，而且是把海大富和陳近南各自教學的內容予以融會貫通，「將兩門截然不同的武功糅合在一起……成為武學中從所未有之奇。」（連載版第二十一回）。

可惜金庸後來改變了主意，把韋小寶定位為武藝低微之徒，否則以他的能力，說不定真能繼承陳近南的衣鉢，接任天地會總舵主，開創出一番更加轟轟烈烈的事業呢。

婚姻與家庭篇

十二、理工男怎樣維護婚姻？苗人鳳的這些錯誤千萬不要犯

金庸寫《飛狐外傳》這部小說時，世上應該還沒有「理工男」這個詞。不過，筆者近日重看這部小說，強烈感覺到苗人鳳就是個地道的理工男。他具備以下幾項最基本的特徵：

第一，技術能力超強。武功之高，敢於自稱「打遍天下無敵手」。

第二，收入穩定，身家豐厚。他的女兒苗若蘭出門在外，居然要帶着丫鬟、奶媽和廚子隨行，分明是富二代的排場。以今天的水平來看，苗人鳳的年收入起碼要數百萬，才能應付如此龐大的開支。

第三，一點也不花心。

第四，沉默寡言，不愛說話。

或許很多女孩認為，這四個特徵都是優點呀。選老公就應該選這樣的人。可惜的是，苗人鳳的婚姻卻失敗了，他的妻子南蘭背叛了他，先是暗中和天龍門北宗掌門田歸農私通，繼而雙雙遠走他鄉，扔下苗人鳳一個人，孤零零的把女兒苗若蘭撫養長大。

仔細探討這樁婚姻失敗的原因，南蘭固然有眼無珠，但苗人鳳本人也要負上很大的責任。在筆者看來，他是個正直的好人，卻不是一個合格的丈夫。從性格上分析，至少在以下四個方面，苗人鳳的心態都很有問題。說得嚴重一點，可以算是「有毛病」的典型。

第一個毛病：始終活在過去，走不出心理陰影

苗人鳳最好的朋友是胡一刀，偏偏在比武時，不小心誤傷了胡一刀，導致後者的死亡。這當然是非常不幸的慘事，他為此終身抱憾是可以理解的。但死者已矣，對逝去之人的任何懷念，都應該有個度。

苗人鳳對胡一刀的懷念，達到了甚麼樣的程度呢？《飛狐外傳》寫他「十年來始終耿耿於懷，鬱鬱寡歡」。（修訂版第二章）這就未免過了頭。以今天的眼光來看，這分

明是一個抑鬱症患者，始終活在過去的陰影中，沒有面向未來、好好迎接新生活的意念。

如果再深入分析下去，苗人鳳對胡一刀的感情，實在有些不正常。《飛狐外傳》這部小說，最初是於一九六〇—一九六一年在《武俠與歷史》雜誌上連載的。在這個最早的連載版本中，寫到苗人鳳回憶起胡一刀時，想到的是「……二人比武三日，聯牀夜話，這才遇到了真正敵手，這才真正的傾心相許」。（連載版第三回）。

兩個大男人「傾心相許」？！用詞好像有點怪異，令人直冒冷汗……

怎麼看都有種濃濃的CP（英文Couple的簡寫，此處指般配感）感覺……

好吧，如果兩個人是這種關係，一個人死了，另一個人從此萬念俱灰，覺得再也找不到真愛了……長達十年的鬱鬱寡歡，也就可以理解了。

大概金庸自己也覺得用詞不妥，在修訂版中，這句話被改為「……這才是真正的肝膽相照，傾心相許」。也就是前面加入了「肝膽相照」四個字，總算是把CP的意味沖淡了不少。

可是，也還是有其他的不正常跡象，在全書不少地方若隱若現。比如修訂版寫到苗人鳳的另外一個心理活動，文字如下：

當年若不是一招失手，今日與胡氏夫婦三騎漫遊天下，叫貪官惡吏、土豪巨寇，無不心驚膽落，那是何等的快事？（修訂版第二章）

筆者學生時代第一次看《飛狐外傳》，看到這裏時就已經覺得很不對勁。人家胡一刀兩夫婦遊俠江湖，雙宿雙棲，是何等浪漫的美事，你卻要跟着他們倆一起去……大哥，你這是在做超級電燈泡啊……

就算胡一刀跟你一樣不介意，胡夫人的心理陰影會有多大？就算她再灑脱，恐怕都受不了天天有個「第三者」跟在身旁吧……

退一步説，即使你非要和胡家夫婦一起遊俠江湖，你也可以找個志同道合的女俠，先組成一個家庭，然後以兩對情侶的身份一起上路，一起去做那些快意江湖的豪俠之舉。為甚麼你期待的會是「三騎漫遊天下」，而不是「四騎」？難道你不覺得「四騎漫遊天下」，才是比較正常的畫面嗎？

從這個細節可以看出，苗人鳳的內心深處，其實並沒有憧憬過男女之間的愛情。他最喜歡的生活模式，是和鐵哥們在一起，而不是和愛人在一起。

如果你是女孩，請你一定要記住這一點：一直沒能走出心理陰影的男人，過於重視鐵哥們情誼的男人，千萬不能嫁。

第二個毛病：喜歡當着老婆的面，讚揚另一個女人

苗人鳳和南蘭結婚之後，帶她一起去祭奠胡一刀。他在墓前喝了不少酒，一邊喝一邊回憶當年的往事。夫妻間的第一個裂痕，就是在這時產生的。苗人鳳酒後吐真言，說像胡夫人這樣的女人，要是丈夫在火裏，她一定也在火裏，丈夫在水裏，她也在水裏。

南蘭一聽就臉色變了，掩面起身而去。苗人鳳知道自己說錯了話，但卻沒有追上去解釋。原因是：「他醉了，他不會說話，何況，他心中確是記得客店中鍾氏三雄火攻的那一幕……他是在火裏，而她卻獨自先逃了出去……他一直羡慕胡一刀，心想他有一個真心相愛的夫人，自己可沒有。胡一刀雖然早死，這一生卻比自己過得快活。」（修訂版第二章）

遇到烈火，人的本能反應就是逃跑。在那種生死關頭，正常人的大腦都是一片空白，由求生的本能接管了身體的一切活動。這並不能證明南蘭就是個怕死的女人，就有「棄

他而先逃」的主觀意願。

其實，南蘭作為一個手無縛雞之力的弱女子，已經做得夠好了。苗人鳳遇到火攻之前，曾先遭到敵人的暗算，腿上中了毒針。這種毒非常厲害，以他的絕世功力也沒法逼出來。他想叫店小二替他吸出腿上毒血，雖然許以重酬，店小二仍是害怕躊躇。在這個時候，是南蘭「將柔嫩的小口湊在他腿上，將毒血一口一口地吸出來」。

這也是冒着生命危險的舉動，已經超越了世間的多數女子。何況那時的南蘭，認識苗人鳳還不到一個時辰，就願意為他冒險吸毒，雖然這裏面存在報答救命之恩的成份，但已經足以說明，在可以冷靜考慮的情形下，她是願意和苗人鳳同生共死的。

苗人鳳光羨慕胡一刀「有個真心相愛的夫人」，卻不想一想，人家兩夫妻的這種深厚感情，也是先從認識到了解，一步一步培養起來的，並不是從天上掉下來的。而他呢，在還沒有花時間去培養感情、還沒有鞏固住婚姻之前，就先羨慕起別人老婆的長處，就先武斷的下了結論，覺得「我不會有這麼好的老婆」。

拜託，你都還沒有給南蘭機會，怎麼就知道假以時日，她不會成為胡夫人那樣的好老婆？

苗人鳳的這種心態，對南蘭是非常不公平的。雖然《飛狐外傳》寫他馬上也意識到不妥，此後「永遠不再提到這件事」。但他顯然沒有真正意識到，這種錯誤的心態是應該改正過來的。所以，他雖然不再提到這件事，卻還是忍不住，經常當着南蘭的面讚揚胡夫人。

根據《雪山飛狐》的記載，苗人鳳的女兒苗若蘭，長大以後告訴胡一刀的兒子胡斐，我老爸「常在我媽面前，誇獎你媽的好處」。胡斐問是怎麼回事？苗若蘭回答：

我爹跟令尊比武之時，你媽媽英風颯爽，比男子漢還有氣概。我爹平時閒談，常自羡慕令尊，說道：「胡大俠得此佳偶，活一日勝過旁人百年。」我媽聽了雖不言語，心中卻甚不快。（修訂版《雪山飛狐》第十回）

別說是女孩子，就算是男人，聽到自己的伴侶老是讚揚另一個人，心理上也會很反感、很受不了。

這絕對是破壞婚姻的第一大殺手！希望全天下所有渴盼幸福婚姻的夫妻，都千萬不要犯這種錯誤。

第三個毛病：不理會伴侶的心事

南蘭生下女兒苗若蘭後，夫妻倆的關係更加急轉直下。金庸對此也進行了細緻的心理分析，原文如下：

他天性沉默寡言，整天板着臉，妻子卻需要溫柔體貼，低聲下氣的安慰。她要男人風雅斯文、懂得女人的小性兒，要男人會說笑，會調情……苗人鳳空具一身打遍天下無敵手的武功，妻子所要的一切卻全沒有……她嫁了一個不理會自己心事的男人，起因是在於這男人用武功救了自己。（修訂版第二章）

筆者每次看到這段文字，都對南蘭充滿同情。一個男人天性沉默寡言，不懂說笑調情，這是可以理解的，但「整天板着臉」卻是絕對不可以原諒的。用今天的話來說，大家對婚姻的付出都很多，你整天臭着一張臉給誰看呢？

就算本來心情很好，看到這個面孔臭臭的傢伙，甚麼興致都會消失的乾乾淨淨。

這也進一步顯示，苗人鳳其實是個抑鬱症患者。他不知道自己是個病人，心理上有毛病。跟這樣的病人一起過日子，南蘭的痛苦可想而知。

在兩人短暫的三年多婚姻中，精神上基本處於「零交流」的狀態。在南蘭看來，苗人鳳是個「不理會自己心事的男人」。請注意「不理會自己心事」這幾個字，男人不懂女人的心事，是正常的。但「不懂」和「不理會」，是兩碼事。

郭靖也不懂黃蓉的心事，而且他比苗人鳳更加不善言辭，可是他會用自己的語言來表達愛情。當黃蓉第一次以女裝出現在郭靖眼前時，他稱讚她：「好看極啦，真像我們雪山頂上的仙女一般。」誇完之後還有細節的補充：「蒙古的老人家說，誰見了仙女，就永遠不想再回到草原上來啦，整天就在雪山上發痴，沒幾天就凍死了。」

不僅是語言，行動上也是如此。郭靖自己不吃精緻糕點，但他知道黃蓉愛吃，會專門帶給她品嘗。他不理解黃蓉為甚麼要取出手帕，把糕點細心包好，留起來慢慢吃，但他付出了行動，所以雖然他「絲毫不懂這種女兒情懷」，也沒有影響兩人的情感交流（修訂版《射鵰英雄傳》第八回）。

一直到郭靖和黃蓉成婚三十多年後，他還是不懂女人的心事。黃蓉依然在心裏打趣丈夫「這種女孩兒家的情懷，你年輕時尚且不懂，到得老來，更知道些甚麼？」（修訂版《神鵰俠侶》第三十五回）

原文寫黃蓉一邊這麼想，一邊在微笑，並沒有絲豪抱怨。可見郭靖雖然「不懂」黃蓉的心事，但卻沒有「不理會」，所以兩人的婚姻一直都很穩固。而苗人鳳卻是「不理會」南蘭，這就不是能力的問題了，而是態度的問題。說明在苗人鳳的內心深處，對婚姻本來就是一種消極的態度。

一個不理會女人心事的理工男，千萬不能嫁！

第四個毛病：結婚後仍然是工作狂

南蘭忍受不了死氣沉沉的婚姻，被田歸農勾引出軌。這第一步是如何邁出去的呢？原文是這樣寫的：

丈夫對這位田相公卻不大瞧得起，對他愛理不理的，於是招待客人的事兒就落在她身上……終於，在一個熱情的夜晚，賓客侮辱了主人，妻子侮辱了丈夫，母親侮辱了女兒。那時苗人鳳在月下練劍，他們的女兒苗若蘭甜甜地睡着了。（修訂版第二章）

仔細看這兩段話，田歸農之所以能勾引成功，是因為苗人鳳自己不去招呼他，卻叫南蘭去招呼他，然後又在夜晚忙於練劍，以至於被田歸農趁虛而入。

苗人鳳勤於練武，就像現代人勤於工作，這本身是沒錯的。但問題是，為甚麼要半夜三更還出去練武？他又不是現代人，需要上夜班。古人的生活習慣，都是「聞雞起舞」的，也就是說，苗人鳳天還沒亮就開始練功了，一直練到夜深人靜都還沒練完。以現代人的標準來看，苗人鳳簡直是個超級工作狂。更令人無語的是，他居然是在「月下練劍」！

大哥，月色這麼美，氣氛這麼浪漫，你不會説甜言蜜語沒關係，但可以陪着老婆靜靜的賞月啊，哪怕一會兒都好……月下練劍算是怎麼回事？你也太不近情理了吧……

結婚後仍然是工作狂，已經很糟糕了。更糟糕的是，這還是個毫無情趣的工作狂。

越看越覺得，南蘭的錯誤，在於沒有看清田歸農的真面目。但她選擇離開苗人鳳，卻很難説是個完全錯誤的決定。即使沒有田歸農的出現，這樣的婚姻也遲早會完蛋。

衷心希望今時今日的理工男，都能從這樁失敗的婚姻中吸取教訓，盡量不要再「月下練劍」了。當然，也不要再「沉默寡言」了，更不要經常稱讚其他女人，或是把鐵哥們看的比老婆更重要。

如果你是個女孩，正好嫁了個理工男，不妨將這篇文章轉給他看看，或許能更好的提高婚姻質量。

十三、《連城訣》的一條婚姻鄙視鏈，綁住了四個階層

《連城訣》這部小說，最早是在《東南亞周刊》連載的，當時的書名叫作《素心劍》。很多讀者認為這本書探討的是人性的善惡，因為書裏有各種各樣的壞人，寫盡了人心之毒、人性之惡。很少人注意到的是，書裏還隱藏着一條婚姻鄙視鏈，囊括了社會的主要階層。

丁典和凌霜華的愛情悲劇，表面看是因為她的父親凌退思，為了謀奪梁元帝留下的寶藏，不惜毀掉女兒的幸福。但這其實不是主要原因，丁典說自己只想要愛情，視金錢如糞土，凌退思想要寶藏是非常容易的事，「他若叫女兒向我索取，我焉有相拒之理？」。真正的原因，丁典看得很清楚，「他是翰林知府，女兒卻私下裏結識了我這草莽布衣。他痛恨我辱沒了他門楣，非殺我不可。」

「草莽布衣」的說法，明顯是謙稱，不能當真。按照書裏的敍述，丁典起碼有三個值得稱道的優勢。

第一是他出生於武林世家，父親在兩湖地區頗有名氣。

第二是他本人也爭氣，年輕時已經在江湖上闖出了一定的名頭。

第三是父母去世後給他留下了不少家財，他自己還做貿易，銷售關外的老山人參。

（修訂版《連城訣》第三章）

這哪裏是布衣？布衣指的是最普通的勞苦大眾。大哥，你這個條件，比在北上廣苦苦打拼的白領們都強多了好嗎？而且你還精通養花，談吐不俗，連「人淡如菊」這麼生僻的詩詞都知道。文化修養一流，跟草莽更是半點都沾不上邊。

所以，丁典追求凌霜華，從階級成份來看，是富二代追官二代。如果再加上寶藏，他的身家堪稱頂級富豪。在一般人看來，跟凌霜華還是蠻般配的。但身為翰林的凌退思，卻認為這是「辱沒門楣」，非要將兩人拆散。顯然在他的如意算盤裏，貌美如花的女兒必須嫁給官場中人，才能實現家族利益的最大化。

換言之，這是一條鄙視鏈。高級公務員鄙視民營企業家。你再有錢、有文化，我也鄙視你。只要你不是我這個階層的人。即使勉強達成了婚姻，也會埋下隱患。

正如小說裏的另外一對夫妻，萬圭和戚芳，就是典型的例子。

戚芳是農二代，萬圭是富二代。她雖然不愛他，但始終忠於婚姻，還為他生了個可愛的女兒。後來萬圭中毒，戚芳千方百計尋找解藥，並冒險親自和偷走解藥的吳坎周旋，無論以甚麼標準來看，都是一等一的好妻子。

可是當戚芳發現了萬家醜陋不堪的真面目時，萬圭立刻對老爸萬震山說，她甚麼都知道了，我們不能留下活口。

萬震山的反應更狠，更沒有人性。萬圭只想殺老婆滅口，對自己的親生女兒還是想留下的。萬震山卻連親孫女都不放過，說斬草除根，不能留下禍胎。

很多讀者討論過這樣一個問題，老謀深算的萬震山，為何會同意兒子與戚芳的婚事？她是戚長發的女兒，這豈不是在身邊埋了個定時炸彈？

若說是為了連城劍譜，完全可以用其他方法套問查探，涉世未深的戚芳絕不是父子倆的對手。唯一合理的解釋是，萬家父子根本沒把戚芳當做一回事。

找一個來自鄉下的姑娘結婚，這姑娘還算漂亮，在這世上又無依無靠沒有一個親人，把她娶回家，她就只能依附於夫家，全心全意的為夫家服務。

這不是婚姻，是精心計算的生意。

萬家父子的內心深處，對戚芳一直是輕視、甚至鄙視的。一旦覺得不如意，隨時都可以把她清除掉。豪門大戶對貧家子女的鄙視鏈，從古到今都沒有變過。

有趣的是，貧家子女也有自己的鄙視鏈。這從男主角狄雲唱的一首山歌可以看出來，歌詞是他自己隨口編的大白話。在最早的連載版《素心劍》中，歌詞是這樣寫的：

對山的妹妹，聽我唱啊，
你嫁人莫嫁讀書郎，
讀書的人兒良心壞！
要嫁我癩痢頭阿三，頂上光！

後來的修訂版《連城訣》，把歌詞改成了如下版本：

對山的妹妹，聽我唱啊，

你嫁人莫嫁富家郎，

王孫公子良心壞！

要嫁我癩痢頭阿三，頂上光！

連載版的狄雲，鄙視讀書人。顯然是因為他把凌退思這個翰林知府，也歸類到讀書人的範圍了。所以這是對高級公務員的鄙視。修訂版改為鄙視富家王孫，這很好理解。萬圭就是他眼裏的富家郎。其實，這兩個版本的歌詞，完全可以同時存在，作為山歌的兩個不同的段落。

狄雲的真實心態，是既仇官，又仇富，不僅僅是鄙視而已。官、富、貧，三個階層互相瞧不起，構成了一條閉合的鄙視鏈。

那麼，精英階層又如何呢？

小說裏精英階層的代表，無疑是水岱。他本人作為「南四奇」之一，是老一輩的精英。他的女兒水笙和外甥汪嘯風，組成了「鈴劍雙俠」二人組，是年輕一輩的精英。

這個階層的婚戀觀，《連城訣》中沒有提及。但是在連載版《素心劍》中，有一段旁白文字，卻明明白白的寫了出來。這段文字在修訂版中被刪去了。如下：

水岱乃是昔年威名遠震的三湘大俠，外號叫作「三絕俠」。汪嘯風自幼父母雙亡，由舅舅水岱收養在家，授以武藝。水岱見這外甥人品英俊，從小便有意將女兒許配於他。表兄妹二人一齊學藝，長大後結伴在外行俠，兩人情愫暗通，雖不明言，但都知將來也是夫妻無疑，是以甚麼都不避忌。（《素心劍》第五章）

精英階層倒是沒有特別鄙視誰，但他們自身形成了一個圈子，最講究門當戶對。

水笙後來選擇跟狄雲在一起，是因為形勢發生了巨大變化，狄雲一躍成為絕頂高手，也成為了精英的一分子。而她卻是父親慘亡，又遭到表兄猜疑背棄，孤零零無所依靠。如果沒有發生如此激烈的變化，她和狄雲來自不同的階層，恐怕永遠無法走到一起。

或許有人認為這很正常，婚姻就應該門當戶對。兩個來自同一階層的人結婚，婚姻的基礎才更加牢固。

但是，丁典那麼出色，還是不能避免另一階層的排斥鄙視。戚芳那麼努力，還是不能獲得另一階層的真心認可。必須遭遇狄雲那麼悲慘的變故，再加上一連串的奇遇，才能突破階層的壁壘。

說明社會階層已經凝固，幾乎沒有向上流動的機會。這才是整個社會最大的隱憂、最大的悲劇。

希望這樣的悲劇，只存在於小說之中，永遠不要在真實的人生中上演。

十四、高素質家長為何也會培養出巨嬰？《俠客行》中有三大經驗教訓

走進商場的洗手間，看見一個八九歲的小男孩在玩水，把地面潑得濕淋淋，害得一位老人家差點滑倒。幸好小男孩的父親及時從廁格出來，喝止了他，先誠懇萬分地向老人家道歉，再親自用拖把擦乾了水漬。

「下次再這樣我就把你送去軍訓了哦，讓解放軍叔叔好好管一管你！」這個男人一邊拖地，一邊低聲對小男孩這麼說。

筆者不由多看了兩眼，這是個文質彬彬的男人，衣着整齊輕聲細語，一看就是個很有教養的人，而且很重視對孩子的教育。然而筆者還是有點替他擔心，這孩子將來會不會變成個巨嬰。

所謂「巨嬰」，並不是指熊孩子，而是年滿十八歲的成年人，卻還像嬰兒那樣任性

自私，絕對的以自我為中心，沒有規則意識和道德約束。

《俠客行》中的石中玉，就是這樣一個巨嬰。貪淫好色，自私自利，無法無天，沒有任何責任感。

他做長樂幫的幫主，玩弄了多個屬下的老婆，道德觀念幾乎是零。

他享受了幫主的所有好處，一聽説俠客島的善惡二使即將來到，就偷偷一走了之，不願意履行幫主的責任，去接下俠客島的請客銅牌。

他被善惡二使抓到後，仍然振振有詞，嘲諷他的親兄弟石破天「你既如此大仁大義，幹麼不給長樂幫擋災解難，自己接了這兩塊銅牌？」（修訂版第十五回）

人格之卑劣，素質之低下，與他的父母石清、閔柔夫妻，成為鮮明的對比。

以今天的標準來看，石家是標準的名門世家。一家人都是貴族。石清夫妻騎的是名馬，用的是名劍，居住的玄素莊有管家傭人侍候，物質條件富足。夫妻倆自身又名滿天下，是公認的俠侶。

在待人接物上，夫妻倆也堪稱江湖楷模，很能設身處地的為人着想，處處為別人留下顏面，即使對敵人也都彬彬有禮。

尤其是閔柔，任何時候都斯斯文文，面對苦苦尋覓二十年才找到的仇人梅芳姑，她也沒有半點失態，在報仇之心那麼強烈的情況下，言談舉止間仍保持着教養和氣度。

這樣一對高素質的夫妻，為甚麼會教育出了石中玉這麼一個壞兒子？他們的教育方式，究竟哪裏出了問題？

仔細翻看全書，筆者認為起碼有三點經驗教訓值得留意。

第一是想把教育上的難題全部甩給老師。

石中玉十二歲時，被石清送到雪山派去學藝。在最早的報紙連載版中，金庸首次寫到這個劇情時，就只有一個單純的原因，是因為石清「管教不了自己這頑劣兒子，這才千里迢迢的將他送到雪山派封萬里的門下」（連載版第三回）。

後來修訂時，改為「固然另有深意，卻也因此子太過頑劣，閔柔又諸多回護，自己實在難以管教之故」（修訂版第二回）。

雖然增加了其他的因素，但「難以管教」仍是一個重要原因。

送去雪山派之後的整整三年，石清、閔柔都沒有去看望過兒子，沒有見過兒子一面。這是典型的自己教育不了孩子，就帶到學校扔給老師，指望老師幫你教育好，進去的時候是熊孩子，出來就變成規規矩矩的好學生。

無論是古代還是現代，孩子的成長都離不開家長和老師的共同教育（除非是孤兒）。家長的角色完全缺失，而且還是在十二歲至十五歲這個最最關鍵的階段缺失，沒能以父母的身份，向孩子灌輸正確的三觀，這實在是很不負責的行為！

結果石中玉在十五歲那年，大概是偷看了《金瓶梅》之類的禁書，克制不住青春期的衝動，企圖姦淫師叔白萬劍的女兒阿繡，事敗後倉皇逃走，就此在邪路上越走越遠、不可救藥。

這是石清夫妻在教育上的最大錯誤。今時今日，仍然有不少家長在犯這種錯誤。

孩子上網成癮，就連哄帶騙交給「戒網癮學校」，關起來長期電擊治療。孩子不愛讀書，就花大錢送去外國留學，甚至認為「越小留學越好」。孩子有各種壞習慣，就送去軍訓甚至當兵，覺得經過部隊的訓練，回來後一定就能脫胎換骨。

這些想法都太天真了。身為父母都沒信心解決的難題，光靠外人去解決，最後很可能是竹籃打水一場空。

石清夫妻在教育上的第二個錯誤，是總覺得兒子還小，遲遲沒有用成年人的方式來溝通。

當夫妻倆和石破天相處時，這點表現的最明顯。兩人將相貌相似的石破天，錯認為是數年未見的石中玉。在半個時辰之內，閔柔總共四次把石破天抱進懷裏，情緒十分激動。

憑心而論，和兒子久別重逢，一見面摟進懷裏抱頭痛哭，也是人之常情。但一次兩次足矣，四次就未免太多了。除了摟抱之外，閔柔還有兩次在說話的時候，伸手撫摸石破天的腦袋。

石破天脫褲檢查完屁股上的記號後，她還要「伸手去替他將褲腰折好，繫上了褲帶」（修訂版第十三回）。

後來，在一家三口前往雪山派的路上，石破天的咽喉腫得厲害，這並不是甚麼大病，完全可以自己吃藥，閔柔卻要「服侍兒子一口一口的喝了」（修訂版第十六回）。

這些言行動作，固然流露出滿滿的母愛，但怎麼看都有種「兒童化」的感覺。一個將近二十歲的青年，被當成了幼兒園的小朋友。

在報紙連載版中，原文直接描寫閔柔的想法是「雖然此刻孩兒已然長大，但在她心中，兒子就算到了二十歲、三十歲，總還是一般的天真可愛，越是糊塗不懂事，反而越能惹她愛憐。」（連載版第二十七回）

這種心態，也是今時今日不少家長的心態。中國人常把這句話掛在嘴邊：「不管你年齡多大，在爸爸媽媽眼裏，永遠都還是個孩子。」

西方的家長，似乎並沒有這種想法。他們通常從小就用成年人的方式，來跟孩子溝通。這點在很多影視作品中都能看到，比如二〇一七年上映的美國片《奇蹟男孩》（英文原片名《*Wonder*》）。這是個根據真實事件改編的故事，講述一個面部有缺陷倍受歧視的小男孩奧吉，在父母老師的幫助下，重拾自信、積極面對生活的勵志故事。

奧吉的父母面對的困難，比一般人多的多。不管奧吉的情緒發生何種變化，他們都是用成年人的口吻來跟他説話。

當奧吉哭着問母親：「長相會影響我一輩子嗎？」母親沒有哄他開心，含着眼淚很老實的回答他：「我不知道。」

然後她指着自己的臉說：「看着我，孩子。每個人的臉上都有印記。你第一次手術時，我長了這條皺紋，最後一次手術時我長了這些皺紋。它們就像地圖一樣，會為人生指引方向。這張地圖，標記着我們去過的地方。它從來不是、永遠不是醜陋的。」

奧吉未必能理解母親的比喻，可是這種溝通方式，無疑是正確的方式。

作為古人的石清夫妻，當然不可能懂的這樣的道理；但作為今人的我們，卻可以從這部電影學到很多東西。

石清夫妻的第三個錯誤，是把兩代人的責任混在了一起，沒有「各擔其責」的思想。夫妻倆和梅芳姑結仇，起因在於石清沒有處理好情感糾葛，報仇理應是他自己的責任。可他卻希望由石中玉學成雪山派武功，代替他和閔柔聯手，找梅芳姑算賬。

石中玉犯下纍纍罪惡，按理應該由他自己承擔責任，可是閔柔卻向佛祖誠心祝告「他小時無知，幹下的罪孽，都由為娘的一身抵擋，一切責罰，都由為娘的來承受。千刀萬剮，甘受不辭……」

這並非只是形式上的祈禱。石清夫妻一直在盤算代替兒子贖罪，冒着生命危險去探查俠客島的機密。「如所謀不成，自是送了性命，倘能為武林同道立一大功，人人便能見諒，不再追究你的罪愆。」

他們明知成功的希望微乎其微，還是想捨命一搏，這種父母之愛確實令人感動，可問題是他們覺得這番苦心夫妻倆自己知道就好，不必告訴兒子。（修訂版第十三回）

幸好這個想法最終沒能實現。否則的話，無論所謀是成是敗，夫妻倆的苦心都會付諸流水，石中玉永遠都不會有「親自承擔責任」的觀念。

今時今日，我們仍然經常看到這類新聞：孩子犯了錯誤，父母公開致歉。

誠然，對受害人而言，有致歉總比沒有好。但對犯錯的人來說，卻失去了一次勇於認錯、學會承擔的機會。孩子在父母的這種過度保護下，永遠都沒法真正成長。即使生理上長大了，心理上也還是巨嬰。

雖然《俠客行》這部小說的背景是在古代，然而石清夫妻的各種錯誤教育方式，在現代也還是相當普遍。

但願有更多父母都能從中吸取經驗教訓，不再犯這些錯誤。

但願將來的某一天，我們這個國家不再有巨嬰。

十五、最佳岳父黃藥師，用四個策略鞏固女兒的婚姻

黃藥師是一等一的好岳父。這是筆者最近重讀「射鵰三部曲」的最大感受。

很多讀者可能不以為然，覺得黃藥師最初對郭靖的態度極其惡劣，一度堅持要把黃蓉許配給歐陽克，是封建家長的典型。這跟他平時刻意展現的「反封建、反禮教」形象格格不入，難怪倪匡品評金庸小說人物時，對黃藥師的評價不高，認為他「連上上人物都不是，只是上中人物」。

有如此粗暴干涉戀愛自由的記錄，差點毀掉了女兒的幸福婚姻，這樣的人怎麼能算是「好岳父」呢？

確實，在《射鵰英雄傳》這部書中，身為父親的黃藥師枉稱絕頂聰明，對女兒的情感問題處理的相當拙劣，犯了很多低級錯誤。但到了《神鵰俠侶》時代，升格為岳父的

黃藥師對人生有了更清醒的認識，在女兒三十多年的婚姻生活中，他就沒有再犯任何錯誤了。

非但沒有犯錯，還運用了好幾個策略來處理問題，每一個都充滿了智慧。

婚姻比戀愛複雜。戀愛只是兩個人的事，婚姻卻往往會牽扯到雙方的長輩。本來只是小夫妻之間的矛盾，長輩一捲進來，就變成了兩代人的矛盾。

黃藥師顯然深深明白這個道理，所以他採取的第一個策略就是：不跟小兩口一起住。

郭靖黃蓉新婚不久，黃藥師突然不告而別，飄然離開了桃花島。為甚麼要離開？書中只有寥寥數語，說是因為他「性情乖僻，不喜熱鬧，與女兒女婿同處數月，不覺厭煩起來」。（修訂版《神鵰俠侶》第一回）

仔細玩味這幾句話，裏面的信息量很大。跟女兒在島上相處了十幾年，黃藥師從未覺得厭煩，怎麼郭靖搬來才幾個月，就厭煩起來了？原因只有一個，他實在受不了郭靖。

相見好，尚且同住難，更何況黃藥師對郭靖只是「接受」而已，連相見好的程度都沒達到。即使女兒已經嫁給了郭靖，他對郭靖的言行舉止、所作所為，仍然是強烈的看不順眼。

換了其他人，可能會覺得既然組成了一個家庭，大家只要多溝通多理解，互相體諒彼此忍耐，無論有甚麼矛盾終究都能解決的。

別說是古代人了，現代人有很多都是這麼想。

可惜這是一廂情願。兩代人的觀念、品位和生活習慣如果相差太遠，勉強住在一起只會是一種折磨。假如一方是強勢人格，總是不自覺的想改造對方，將會帶來更多矛盾。

所以黃藥師選擇了最簡單有效的那種辦法：我們分開住吧。這樣子，誰都不必改變誰。

當然，分開住，不等於當甩手掌櫃，只顧自己逍遙，對女兒的婚姻生活不管不顧。該關心的還是要關心。但長輩的關心，很容易被晚輩視為多管閒事，一不小心反倒鬧得雙方都不愉快。如何把握分寸，也是很傷腦筋的難題。

所以黃藥師採取的第二個策略是：表面不介入，暗中很關注。

《神鵰》的一開頭，郭靖黃蓉飼養的雙鵰追擊李莫愁，差點被後者的冰魄銀針射中，是黃藥師暗中出手擊落。（修訂版第二回）

郭靖黃蓉在襄陽城舉辦英雄大會，黃藥師本來正在洞庭湖賞月，發現有一批怪人約好了一起去襄陽。他立刻暗中尾隨，看看這些人是否有陰謀。（修訂版第三十七回）

後來黃蓉等六人在絕情谷圍攻金輪法王，黃藥師又是即時現身幫忙。原來他在酒店小酌時，看到雙鵰從空中飛過，就預感到女兒可能會遇到困難，再次悄悄跟隨而來。（修訂版第三十八回）

這些劇情沒有一個字寫到父女之愛，但是字裏行間又分明跳脱着，父親對女兒的濃厚關心。

除此之外，晚年的黃藥師為了女兒還有一個很大的轉變，變成了一個很注意説話方式的人。甚麼話該説，甚麼話不該説，全都經過細緻的考量。

襄陽大會上，他當面稱讚郭靖黃蓉是「我的好女兒、好女婿」，儘管他和郭靖之間幾乎沒有一句交流，但在女兒面前，他知道這是「該説的話」。（修訂版第三十七回）

在外人面前更是如此，十六年前黃藥師和楊過初次相遇時，表示要全力支持楊過和小龍女的戀情。楊過打趣説，最阻撓我婚姻的人，就是你女兒黃蓉。

黃藥師對此作出的反應，新舊版本的文字有所不同。

在最早的報紙連載版中，黃藥師是「微一沉吟，黑暗中鋪開紙來提筆疾書，牢牢封固，交給楊過道：『我女兒若再阻撓，你拿此書給她一瞧便知。』」（連載版第四十二回）

這封書信此後一直沒有出現，可能是金庸忘記了這個細節。後來修訂版做了調整，改成如下文字：

黃藥師道：「她自己嫁得如意郎君，就不念別人相思之苦？我這寶貝女兒就只向着丈夫，嘿嘿，出嫁從夫，三從四德，好了不起！」說着哈哈大笑，振衣出門。（修訂版第十五回）

這個修改非常妙。寫一封書信給黃蓉有甚麼用呢？真正阻撓楊龍戀的人，並不是黃蓉，而是郭靖。

黃蓉本人並不見得對楊龍戀有多反感，她自己年輕時曾經更加離經叛道，認為「夫婦自夫婦、情愛自情愛」，嫁人之後心中也可以另有愛侶，這比師生戀嚴重多了。（修訂版《射鵰英雄傳》第二十六回）完全是因為郭靖強烈反對楊龍戀，黃蓉才幫腔的。假如她接到父親的書信，要她改為支持楊過，勢必令她左右為難。

所以修訂版改為黃藥師不去做這種無用功，而是以戲謔的語氣，把女兒女婿都輕輕調侃一把。點到即止，分寸掌握的恰到好處。這種處理方式比原來高明的多，體現了黃藥師極高的修養。

不過，懂得怎麼説話，還不是最高的修養。懂得甚麼時候不該説話，才是最高的修養。

《神鵰》結尾的最後一場大戰之前，楊過在絕情谷底失蹤，郭襄被金輪法王綁為人質。郭靖在襄陽城頭一聽説這件事，當着所有人的面，責備黃蓉不應該在還未找到楊過的情況下，就去找自己的女兒。

這是超級不近人情的苛責，楊過雖然對郭家有恩，但黃蓉關心親生骨肉，把郭襄的安危放在第一位，是人之常情。

郭靖這種牽掛外人超過牽掛女兒的思想，説好聽了是高尚，説難聽一點，簡直是不可理喻。

有趣的是，當時黃藥師明明就在身旁，聽到了女婿對女兒的無理指責。按照我們的想法，他應該立刻站出來維護女兒，以岳父的身份教訓一下女婿才對。

畢竟在《射鵰》之中，黃藥師為了女兒多次教訓過郭靖。有一次在煙雨樓旁，他覺得黃蓉被欺負了，馬上當眾打郭靖的耳光，邊打邊安慰黃蓉：「傻小子這麼大膽，竟敢

欺侮我的好孩子，你瞧爹爹收拾他。」——（修訂版第三十四回）

可是三十多年後，人到暮年的黃藥師，面對女兒被苛責的場面，他居然一言不發，保持沉默。別說斥罵郭靖了，就連打圓場的話都沒說半句。

站出來打圓場的是一燈大師。他告訴郭靖，是我們大家全都主張去找你女兒，別怪你夫人。郭靖這才不敢說話了。（修訂版第三十九回）

黃藥師為甚麼一言不發？金庸沒有解釋，但我們完全可以想像的到，他這是在隱忍。在這種情況下，貿然維護女兒反而會把事情搞糟。只有當做沒看見，才是最好的處理方法。

人情練達即文章，在關鍵時刻能克制住自己的脾氣，管住自己的嘴巴，是第一流的人情練達。

《神鵰》中的黃藥師，領悟了真正的大智慧，是真正的超凡脱俗。暮年的黃藥師是上上人物。

希望我們每個人活到那個年紀時，也都能像他那樣瀟灑。

最後，重複一下黃藥師在女兒婚姻生活中，採取的四個策略：

不跟小兩口一起住；

明不關心暗中關注；

當面說話要多讚美；

鬧矛盾時絕不多嘴。

做到這四點，保持「兒孫自有兒孫福」的從容心態，多多享受屬於自己的時光，人生一定會少了很多煩惱。

十六、老年人怎樣享受生活？
金庸筆下最長壽的張三丰，養成了這五種習慣

張三丰是武當派的開山鼻祖，也是太極拳和太極劍的創始人。據道教界推測，其活動時期約由元延佑年間（公元一三一四—一三二〇年）到明永樂十五年（公元一四一七年），也就是至少活了一百多歲。有些野史甚至記載他享年二百一十八歲，簡直是仙人了。金庸在《倚天屠龍記》中花了不少筆墨寫張三丰，栩栩如生的人物形象，甚至比男主角張無忌更加出彩。在全書的結尾，張三丰的年齡已經超過了一百一十歲，仍然精神矍鑠頭腦清晰。

怎樣才能像張三丰般健康長壽？除了練習他的太極拳和太極劍健身之外，還應該學一學他對於人生的態度。在《倚天》這部小說中，張三丰面對不同的事件時，分別有以下五種處理方式，體現了他的五種不同的習慣，都是筆者非常欣賞的。

第一個習慣：培養一項愛好找樂趣

張三丰九十歲生日那天，三弟子俞岱岩突遭暗算重傷殘廢。面對這個重大打擊，他次日起牀後做的第一件事，是用書法來排遣心情。先是寫了幾遍王羲之的《喪亂帖》，接着反覆書寫「武林至尊，寶刀屠龍，號令天下，莫敢不從，倚天不出，誰與爭鋒」這二十四個字，從而別開蹊徑，創造了一套「寓武學於書法之中」的奇功。

這套別出心裁的武功，張三丰只傳授給旁觀的五弟子張翠山一個人。綽號「銀鈎鐵劃」的張翠山，是個「潛心學書，真草隸篆，一一遍習」的儒俠，學會後想叫師兄弟們一起過來分享，張三丰卻說沒有必要，因為其他弟子「不懂書法，便是看了，也領悟不多」（修訂版第四回）。

雖然全書只有這麼一個地方，提到張三丰練習書法。但既然連學的人都必須精通書法，作為發明者兼傳授者的張三丰，不用想都知道，必然有更加高深的書法造詣，而且將之作為一種愛好終身堅持了下來，才能在某一天突然厚積薄發，從書法筆畫中領悟到武學的原理。

人只要有愛好、有樂趣，晚年生活就一定不會無聊，甚至還能繼續為社會做出巨大貢獻。

二十年後，當張三丰一百一十歲時，他的原創精神仍是無比旺盛，潛心創造了太極拳和太極劍這兩大代表作。這兩門功夫博大精深，是張三丰勤於用腦的智慧結晶，不僅包含太極圖「圓轉不斷、陰陽變化」的深奧道理，還融合了「以柔克剛」的老莊哲學，以及荀子「後發制人」的用兵之道。由此可見，他是活到老學到老，百歲高齡仍在孜孜鑽研各種學問。

愛動腦的人，愛學習的人，不管活到多少歲，心態永遠都是年輕的。

第二個習慣：不操心孫子輩的婚姻

張三丰終身未娶，沒有留下後代。但他和張翠山情同父子，和張無忌也是情若爺孫。可以說，張翠山、張無忌分別就像張三丰的親生兒子和親生孫子。在他們的成長道路上，張三丰不僅傳授武功，還在為人處事上給予了許多指導，為他們塑造了良好的品格。

然而在婚姻大事上，這對父子都非常不順利。張翠山娶了「邪派」天鷹教的殷素素為妻，最終鬧得身敗名裂，被迫自刎謝罪。按照武當派的價值觀，這絕對是一次錯誤的婚姻。多年之後，張無忌又走上了父親的老路，第一次婚姻就發生了「二女爭夫」的鬧劇，後來他發現自己真正鍾情的是趙敏，而趙敏不單是敵對蒙古陣營的郡主，還曾嚴重得罪過張三丰，怎麼看都不是個理想的結婚對象。

如果是一般人，這時候肯定會語重心長的告訴張無忌，你父親就是因為在愛情和婚姻上大錯特錯，付出了最最慘痛的教訓，你自己的眼光也不怎麼樣，上次選周芷若也是看錯了人，這次無論如何不應該再冒險選擇趙敏了，還是另外找個名門正派的俠女吧。

可是，張三丰沒有這麼做。當趙敏忐忑不安的親上武當山，向他磕頭謝罪時，張三丰的反應是「哈哈一笑，全不介懷」。此後聽說她甘心背叛父兄而跟隨張無忌，張三丰說的是：「好，好！難得，難得！」（修訂版第四十回）僅僅只說了這麼一句話而已，對婚姻大事本身沒有發表任何意見。

其實，在張三丰的內心深處，未必是沒有意見的。可他採取了一個百歲老人最明智的做法，不去為孫子輩的婚姻操心。因為他清楚，這樣的操心是沒有任何意義的。孫子不同於兒子，操心兒子或許還能以「責任感」作為理由，但孫子已經又隔了一層，兩代人的代溝是無比巨大的，孫子輩的年輕人，有他自己的審美觀和擇偶標準。除非他自願找你傾訴，否則你再苦口婆心都好，也是説服不了他的。

兒孫自有兒孫福，婚姻是人世間最最複雜的事，一旦開始操心，很可能非但解決不了問題，反而影響自己的心情。孫子輩的婚姻，就讓兒子輩去操心吧。人到了這個年紀，很多時候不妨裝裝糊塗。難得糊塗，才能享到清福。

即使是孫子輩願意主動傾訴，也盡量不要替他做出抉擇。香港無綫一九八六年版的電視劇《倚天屠龍記》中，編劇增加了這麼一個劇情：對於張無忌鍾情趙敏，明教上下都很有意見，要求他和趙敏斷絕關係，以免影響抗擊蒙古的雄圖大業。這其實是逼迫張無忌在「地位」和「愛情」之間做出選擇，他為此感到煩惱，向張三丰請教應該怎麼辦？

張三丰微笑着告訴他，這世上大部份的事情，都是無善也無惡，無對也無錯。一個人只要問心無愧，就自然會快樂了。「一切率性而為，但求心之所安。如果你覺得做一教之主，受萬民崇敬，比保護自己心愛的姑娘更加重要，那你就不妨繼續做明教教主。」

究竟應該選擇「地位」，還是選擇「愛情」？張三丰沒有給予直接的答案，他只是點出了問題最關鍵的實質，讓張無忌自己去思考、自己去決定。

第三個習慣：永遠都能控制住脾氣

養生的一大訣竅，是不要輕易動怒。這件事説來容易做起來難，以張三丰的涵養修為，難免也有生氣的時候。幼年時的張無忌身中玄冥神掌，張三丰為了治好他，不得不降貴紆尊到少林寺求救，期間就曾兩次被對方激怒，但他兩次都是迅速克制住了脾氣。

第一次動怒的原因是，空聞方丈不讓張三丰進入寺門，只在半山亭子中接待他。原文是這樣寫的：

張三丰不禁有氣：「我好歹也是一派宗師，總也算是你們前輩，如何不請我進寺，卻讓我在半山坐地？別說是我，便對待尋常客人，也不該如此禮貌不周。」但他生性隨便，一轉念間，也就不放在心上了。

第二次動怒的原因是，另一位少林僧空智指責張三丰「從少林寺中偷學了武功去」。這純粹是亂扣帽子，可惡之極。張三丰聽了很生氣，但馬上想到「若非覺遠大師傳我『九陽真經』，郭女俠又贈了我那一對少林鐵羅漢，此後一切武功全是無所依憑。他說我的武功得自少林，也不為過。」於是他馬上心平氣和，不跟對方計較了。（上述劇情見修訂版第十回）

只要跟他人打交道，就難免會有不愉快的時候。一個人的性格再好、修為再深，也不可能修煉到「無嗔無怒」的境界。但我們還是可以學一學張三丰，在嗔怒時盡量控制住自己的脾氣，調節自己的心態，迅速恢復淡然平靜的心情。

第四個習慣：瑣碎的細節全都忘記

張三丰自創了太極劍，傳授給張無忌時，自己先演練了一遍，然後問他記得多少？張無忌的回答是：「已忘記了一小半。」張三丰叫他再好好想一想，過了一會又問他：「現下怎樣了？」張無忌回答：「已忘記了一大半。」

於是，張三丰又演練了一遍給他看，張無忌看完後說：「還有三招沒忘記。」然後他在殿上緩緩踱了一個圈子，沉思半晌，又緩緩踱了半個圈子，抬起頭來，滿臉喜色，叫道：「這我可全忘了，忘得乾乾淨淨的了。」張三手稱讚他「忘得真快」，告訴他可以用來迎敵了。

原文隨後解釋：要知張三手傳給他的乃是「劍意」，而非「劍招」，要他將所見到的劍招忘得半點不剩，才能得其神髓，臨敵時以意馭劍，千變萬化，無窮無盡。倘若尚有一兩招劍法忘不乾淨，心有拘囿，劍法便不能純。（修訂版第二十四回）

表面上看，這裏寫的是練功的訣竅，如果仔細琢磨，這其實説的是人生的一種境界。拋棄了一切繁文縟節，才能輕裝上陣。心裏牽掛的越多，能享受到的自由就越少。所有那些不重要的細節，不妨全都忘記。

第五個習慣：偶爾回憶美好的感情

該忘的固然應該忘記，但有些東西，還是值得永遠記在心裏的，比如年輕時經歷過的美好感情。

張三手十二三歲時，在華山之巔首次見到了十六歲的郭襄，三年後在少林寺第二次見到她，臨別時郭襄送了一對鐵羅漢給他。後來郭襄到四十歲時出家為尼，創立了峨嵋派。張三丰也出家為道，創立了武當派。兩人再也沒有見過面。

翻遍整部小說，寫到兩人直接互動的劇情只有這麼一點點，然而不少讀者都認為，張三丰對郭襄有愛慕之情，這可以從兩個地方看出跡象。第一，張三丰立下規矩，武當派弟子不許與峨嵋派弟子動手，理由是他「幼時曾受郭女俠的大恩」（修訂版第三十七回）。第二，一直把郭襄送他的那對鐵羅漢隨身攜帶（修訂版第二十四回）。

其實，在最早的連載版《倚天》中，還有一個更加明顯的細節。在小說的結尾部份，也就是報紙連載的最後一篇，提到峨嵋派的舊事。那時候郭襄逝世已久，張三丰也已經超過了一百一十歲。原文曾有這麼一個單獨的自然段：

張三丰瞧着郭襄的遺書，眼前似乎又看到了那個明慧瀟灑的少女，可是，那是一百年前的事了。

雖然只是輕描淡寫的一句話，可細細品味這句話，分明可以看出張三丰對郭襄的感情。雖然時光已經過去一百年，世間早已滄海桑田、物是人非，可我心中依然惦記你。

是甚麼樣的情感，才能整整記住一百年？

就算那還不是愛情，但是無論如何，都要謝謝生命中曾經有你的出現，讓我能在人生走向暮年時，還有那麼溫馨的片段，可以長久回憶，讓我偶爾微笑，偶爾眷戀。

金庸在修訂版中，刪掉了這個自然段，實在是太可惜了。在筆者看來，這才是張三丰能長壽的最主要原因——他永遠記住的，都是人生中美好的東西。

如果你家裏也有老人，如果他也希望長壽，但還不太懂得如何享受生活，你可以將這篇文章轉給他看，請老人家不僅學練張三丰的太極拳，也學學他對人生的這五種心態，養成這五種習慣。

重複一下這五種習慣，可以當作順口溜那樣記下來。

培養一項愛好找樂趣；

不操心孫子輩的婚姻；

永遠都能控制住脾氣；

瑣碎的細節全都忘記；

偶爾回憶美好的感情。

亂彈與雜感篇

十七、《鹿鼎記》中屢犯淫戒的晦明禪師，為甚麼僅僅只是辭職？

著名高僧晦明禪師觸犯淫戒的消息，在街頭巷尾流傳了一個月後，朝廷終於對此重大輿情做出回應，宣佈他辭去佛門的一切職務，以體面的方式下台。

據説，晦明禪師是被人舉報的。僧侶界的普遍反應是既出乎意料，又覺得在情理之中。

出乎意料，是難以相信有人竟敢舉報他，而且還是實名舉報。要知道，晦明禪師的來歷非同小可。

出家之前，他的名字叫韋小寶，是協助康熙皇帝擒殺鰲拜的第一功臣，權勢之顯赫一時無兩，就連大學士索額圖、兵部尚書明珠都要竭力巴結他。

他到少林寺削髮為僧，是以「皇帝替身」的身份出家。年逾八旬、德高望重的晦聰方丈只敢「代先師收徒」，收他為師弟。

僅僅十來歲的年齡，他就成為整個少林寺的第二號人物，後來他被委派到清涼寺擔任住持方丈，跟他一起赴任的有少林寺十八羅漢、般若堂首座等多位高手，個個對他衷心擁戴、心服口服。

這樣一位了不起的佛門高僧，也會被舉報，實在令人拍案驚奇。

不過，所有熟悉晦明禪師的僧侶，對此又不會覺得意外。因為在少林寺修行期間，他就至少兩次捲入桃色醜聞。

第一次是在寺門口非禮少女阿珂。當着四個後輩僧人的面，晦明禪師不單露骨的出言調戲阿珂，還伸手抓了她的胸部，害的她羞憤交加揮刀自刎。要不是搶救及時，當場就會鬧出人命。

同行的另一位少女阿琪，非常氣憤的向少林寺投訴。少林寺倒也頗為重視，由戒律院首座澄識大師牽頭組成了臨時委員會，認真調查事件的經過。

僅用了一炷香的時間，調查就有了結論：晦明禪師抓胸事出有因，是「爭鬥之際的無意之失，不能說是違犯戒律」，故不予追究。

至於調戲婦女，根本不算一回事。澄識先親自端過一張椅子，請晦明禪師坐下，然後才輕描淡寫的勸諭，「見到女施主時，也當舉止莊重，貌相端嚴，才不失少林寺高僧的風度。」

對此，晦明禪師笑答：「我這個高僧馬馬虎虎，隨便湊數，當不得真的。」這句話表面看是耍無賴，其實卻是在闡述深刻的佛理：高僧是空，戒律也是空。色相皆虛幻，無德也無功。

幾個月後，晦明禪師再度傳出桃色醜聞。

這次他是偷偷溜下山，到妓院尋歡作樂，差點就被阿珂和阿琪抓個正着。接下來他又施展詭計，把阿珂挾持到少林寺中，藏在禪房裏大肆輕薄。

心下不忿的阿琪又到少林寺投訴。跟着她一起去的，還有蒙古王子葛爾丹、西藏大喇嘛昌齊，以及雲南平西王吳三桂的麾下總兵馬寶。

阿琪以為有這三個厲害腳色撐腰，就能在公平、公正、公開的環境下展開調查了，然而結果再次令她失望。

這次調查的結論是：由於晦明禪師「出家之前，本是皇宮中的一位公公」，既然是太監，當然絕對不可能去嫖妓，更不可能強搶美女。

阿琪肯定無法理解，為甚麼大家都近乎兒戲的接受了這個結論？為甚麼沒有人去給晦明禪師做個身體檢查，看他到底是不是真的太監。這明明是舉手之勞，只要解下褲子看一眼，就能拆穿的謊言，卻沒有任何一個人付諸實施。

兩次安然過關的晦明禪師，此後更是膽大包天，到清涼寺擔任住持方丈期間，在男女作風問題上更加肆無忌憚。

在少林寺時，他還有所掩飾，叫女秘書雙兒在少室山下的民家寄宿。到了清涼寺，他連起碼的掩飾功夫都懶得做了，安排雙兒「住在寺外的一間小屋之中，以便一呼即至」。

事實上，就連這個最基本的規矩，雙兒也沒有遵守。大多數時候，雙兒都是「一直候在殿外」。也就是走進了寺內，在大雄寶殿之外候命。晦明禪師只要提高嗓門呼喚：「雙兒，你進來」，她就在眨眼之間趕來了。佛門的戒律清規，被徹底拋進了垃圾堆，真是可悲又可嘆。

更可悲的是，三十六位「端嚴莊重」、原本應該承擔護法重任的少林僧，對這種荒謬現象全都視若無睹，連半句規勸都欠奉。

或許，他們已經看慣了，於是也就見怪不怪了。或許，他們是想以大局為重，認為只有晦明禪師才能主持大局，所以忍耐了下來。他們不僅自己忍耐，還希望清涼寺的僧侶們一起忍耐，維護整個佛門的體面。

他們大概忘記了，人的邪惡慾望，總會不斷突破下限。今天可以讓女秘書住進寺廟，明天就可以違規招收女弟子，後天就會以歪曲的佛理，來包裝輕薄下流的言行，引誘更多僧尼觸犯淫戒。

幸好，有兩個具有正義感的寺院督監，對此忍無可忍，實名舉報了晦明禪師，將他的罪惡公之於眾。

朝廷是非常英明的，宣佈晦明禪師辭去清涼寺方丈職位。雖然沒有明言降罪，但有權威人士進行解讀，聲稱這其實就是免職，已經彰顯了公義，是對淫僧的最大處罰。

舉報者不能接受這個解釋，廣大僧眾自然更加不能接受。他們都在質問：僅僅辭職就夠了嗎？到底是因何辭職的，為何沒有公告天下？

這些問題，或許永遠都不會有答案。

至於晦明禪師辭職之後的去向，外界一度盛傳他被遣送到福建省莆田市的南少林，嚴令閉門思過。不過更多人聽到的，是另外一種版本：晦明禪師已經蓄髮還俗，風風光光的重回朝廷，官拜京師驍騎營正黃旗都統，兼御前侍衛副總管。

這真是一齣典型的黑色喜劇。

小時候，我們以為金庸寫的僅僅是江湖。後來，我們品味出金庸寫的是歷史。長大了又發現，金庸寫的真的就是江湖。

真正的江湖，其實就是社會。那些荒誕離奇的故事，至今仍然在這個江湖反覆上演。

【相關劇情摘自修訂版《鹿鼎記》第二十二、二十三、二十四回】

十八、內捲的江湖，我們應該怎麼辦？割還是不割？

網絡上有個段子：林平之為了避免江湖追殺，把《辟邪劍法》印了幾十萬份免費派發，江湖上誰都能輕而易舉得到，自此之後再也沒人找林家麻煩。麻煩的是所有習武之人，他們陷入深深的矛盾當中。若你不練辟邪劍法，肯定打不過人家。練呢，必須先自宮，而且最終結果是人人都會辟邪劍法，誰都顯不出優勢。這就是內捲。

很多人都跟筆者探討過這個問題，在一個這麼捲的江湖裏，我們應該怎樣選擇？練，還是不練？割，還是不割？

這真是個非常有趣的問題。我們不妨展開腦洞，想像一下各個階層的高手們，會用甚麼方式來應對。

首先，必然有一部份高手搶着練，非常果決的揮刀自宮。代表人物是岳不群。他掌舵的華山劍派相當於一家老牌企業，雖然也算國內五百強，但聲勢日漸衰微，非但遠遠不及少林、武當這類龍頭型巨無霸，即使是在同行業的五嶽劍派圈子裏，也是人數最少、實力最弱的一個。本就內憂外患危機重重，隨時有可能被對手強制清盤。

在此形勢下，辟邪劍法作為一項全新出現的技能，能夠極大增強企業的競爭力。它最大特點就是一個「快」字，練成後出招猶如閃電，而且是一種門檻極低、可以速成的武功。相當於今天的AI寫稿，在財經報道、氣象新聞等領域，一秒鐘就能完稿，速度之快令人瞠目結舌。如果不掌握這項技能，就會遠遠落後於同行。

所以，岳不群沒有其他選擇。他的錯誤是用卑鄙手法謀奪辟邪劍譜，從而墮入魔道。假如能用正大光明的方式得到劍譜，他自宮練劍之舉就無可厚非，或許還能一直維持「君子劍」的良好聲譽。

與之相反的是，必定有一部份高手更加重視生命之根，對辟邪劍法敬而遠之。代表人物是任我行。他很早就拿到了《葵花寶典》，其原理與辟邪劍法相同，都是「欲練神功、必先自宮」。他的選擇是堅決不碰，把《葵花寶典》讓給了東方不敗。

為何任我行能抗拒《葵花寶典》的誘惑呢？《笑傲江湖》原文寫他自述當時正忙着

練「吸星大法」，因此對寶典上的神功不怎麼動心（修訂版第三十一回）。

在筆者看來，這只是表面原因之一。更深層次的原因是，任我行掌控下的日月神教是江湖第一大幫派，已經統一了整個黑道，是行業內的壟斷型大鱷，打得各大正派毫無還擊之力。他並未面臨迫在眉睫的外患，因此能更從容的評估哪一項技術對自身發展更有利。

快如閃電的招數，在任我行眼裏屬於細枝末節，他更在意的是怎樣讓內功更深厚、更雄渾。這就好比一個擅長寫專題報道的資深記者，你叫他改為用AI寫稿，理由是可以寫的無比神速，他肯定嗤之以鼻，說誰要跟你比快？有本事咱們來比深度、比內涵，看誰的文筆更厚重雋永。

然而，這是一個魔幻的時代。普羅大眾並不在乎你的文章有沒有深度，你會發現寫得快往往能打敗寫得好，人腦構思的嘔心瀝血之作，閱讀量還不如AI機械堆砌的流水賬。正如任我行的吸星大法，最終還是輸給了東方不敗的葵花寶典，被後者刺瞎了一隻眼睛。

由此可見，當一項新技能鋪天蓋地席捲全社會時，即使是龍頭企業的掌舵者，都沒法獨抗潮流。就算明知是內捲，也不得不硬着頭皮頂上。自恃武功高強，斷然拒絕內捲，最後有可能就像任我行這樣，雖能保全命根，卻要折損一目，付出慘痛的代價。

看到這裏，肯定有讀者要問了，難道所有高手都必須「引刀自宮」，最後的結果是整個江湖都是太監嗎？

當然不是啦。

金庸小說中真正的絕頂高手都有個特徵，那就是會對各種武功加以創新改良。比如世紀新修版的蕭峰，將「降龍廿八掌」刪掉十掌，變成「降龍十八掌」，原著說這一改令其威力更勝從前（世紀新修版《天龍八部》第五十回）。多年以後郭靖再次進行改良，本來是天下陽剛第一的掌法，郭靖施展時竟然可以從至剛之中生出至柔的妙用，那已是洪七公當年所領悟不到的神功（修訂版《神鵰俠侶》第二十一回）。

還有《碧血劍》中的神劍仙猿穆人清，對「長拳十段錦」進行局部創新。袁承志跟他學藝時，原本以為自己早已學過這門武功，後來卻發現同樣的一招一式，穆人清另外加入了獨創的訣竅，身法招式靈便異常（修訂版《碧血劍》第三回）。

這些例子都說明，宗師級別的人物都懂得變通，絕不會死守條條框框，盲從於前人的經驗。

辟邪劍法也好，葵花寶典也好，前人之所以非要自宮修習，是因為練第一關時會全身情慾如沸，很容易走火入魔。

要解決這個難題，除了自宮之外真的沒有其他辦法了嗎？恐怕未必。

比如說，醫術如神的「殺人名醫」平一指，完全可以從醫藥學入手，研究配製出壓抑慾望的藥材。

再比如說，少林寺方丈方證大師，武當派掌門沖虛道長，一輩子修煉的就是如何保持清心寡慾，再加上年紀都一大把了，完全有可能以超越常人的大智慧大定力，不必自宮也練成神功。

所以，在真正的高手眼裏，任何一項顛覆性新技能的出現都不可怕。他們都會以「拿來改良之後再為我所用」的態度，取其精華去其糟粕，擁抱新技術擁抱新時代。正如有遠見的文字工作者，既不會全盤排斥AI寫稿，也不會完全依賴AI寫稿，他們會將之作為一種高效便利的輔助性工具來使用，令自己的文章更加鮮活。

綜上所述，筆者的結論是：如果內捲既成事實，凡是有雄心壯志的人，都要積極探索出一條新路。我們要有這個自信，堅決「不割」也能成功。

唯一沒法解決的是這件事——在這個內捲的江湖裏，生育率的斷崖式暴跌，必定不可避免。

十九、金庸才是玩梗*高手，《鴛鴦刀》處處都是梗

金庸的十五部武俠小說中，《鴛鴦刀》是最被忽視的一部。它的篇幅僅比《越女劍》長，字數只有三萬多字。

其他作品都被一而再、再而三的改編成電視劇，就連最短的《越女劍》，都曾拍過一次電視劇，是香港亞洲電視台在一九八六年拍的，總共二十集。《鴛鴦刀》卻從未拍過電視劇，只在一九六一年和一九八二年，兩次改編成電影。

*註：「玩梗」是內地流行語，意思接近於惡搞。「梗」指的是讀者或觀眾非常熟悉的故事橋段，也叫「名場面」。「玩梗」指的是將名場面進行二次加工創作，從而產生搞笑的效果。

就文學造詣而言，它似乎也在十五部小說中相對最低。故事較為單調，缺乏深刻的情感。所以它的遺忘率相當高，一些從小熟讀金庸小說的讀者，甚至也會一時之間想不起男女主角的名字。但若仔細重讀這部作品，會發現它妙趣橫生，全書處處都在「玩梗」。玩的不是別人，是金庸自己的作品。

假如你先看完另外十四部小說，最後才看《鴛鴦刀》，這種感覺會更加強烈。

雖然從創作年表上看，它是金庸的第七部小說，但眾所周知，金庸後來對所有小說進行了多次修訂。所以，時間的先後並不是那麼重要。尤其是修訂版的《鴛鴦刀》，可以視為是金庸對自己作品的一次綜合性惡搞。

先來看看男主角袁冠南，平時喜作書生打扮，時常吟詩，打鬥時手持毛筆作為武器，一派儒俠的風範。

這是在玩《神鵰俠侶》中朱子柳對陣霍都的梗。我們以為他會像朱子柳那樣揮灑自如，不料這哥們一打起來就露了底，毛筆非但沒能發揮厲害的招數，反倒成為附庸風雅的笑柄。

再看看女主角蕭中慧，瀟灑豪邁，隨手就把頭上的金釵送給陌生人。

這一幕與郭襄何其相似，郭襄在風陵渡口也是隨隨便便摘下金釵換酒肉，請素不相識的江湖豪傑大吃大喝。

同樣是揮金如土的慷慨之舉，郭襄換來的是真朋友，蕭中慧換來的是一場烏龍，送出去的金釵又被送回蕭府，害得母親誤以為是定情之物，差點認錯了準女婿。

最好玩的是男女主角相親相愛的戲份。袁、蕭兩人都要結婚了，忽然發現彼此是兄妹，你爹原來也是我爹。簡直是晴天霹靂哇，正在絕望之時，又被突然告知你爹其實不是你爹……哈哈哈，這明明就是《天龍八部》的梗嘛。

書裏還有一對搞笑夫妻林玉龍和任飛燕，身懷的絕技叫做「夫妻刀法」。這個梗太明顯了，分明是在惡搞楊過和小龍女的「玉女素心劍法」。同樣是互補破綻、威力無窮，但好端端的少男少女雙劍合璧，變成了一對中佬的兩把刀合璧，怎麼看都有種莫名的喜感。

太岳四俠就不用說了，一看就會想到《笑傲江湖》的桃谷六仙，而且是低配版的桃谷六仙。

四俠中的逍遙子脫下鞋子當暗器，《射鵰》中朱聰和郭靖都用過這一招。但他扔出去的鞋子沒有任何威力，只有滿鞋的污泥。這個梗若用電影的手法表現，絕對令人捧腹。

蕭半和練的「混元功」也是一個梗，惡搞的是《碧血劍》中袁承志練的「混元一氣功」，但必須以童子之身練，所以蕭半和只能被設定成太監，自宮之後再練。這又分明是《笑傲江湖》的梗，馬上令人想到了葵花寶典和東方不敗。老蕭沒有變成不男不女，實屬幸運。

第一反派卓天雄以「老瞎子」的打扮出場，使的是鐵杖，接暗器打暗器的本領出神入化。這個梗來自《射鵰》中的柯鎮惡，我們都以為他也會「聽風辨形」之術，光靠耳朵聽風聲，就能跟有眼珠的人看的一樣清楚。但鬧了半天，這傢伙真的有一雙明亮的眼珠，他不過是在裝瞎而已，當然看的很清楚啦。若拍成電影，這個「突然睜眼」的鏡頭同樣很搞笑。

全書最大的一個梗則是「鴛鴦刀」本身。雙刀中藏着一個驚人的秘密，這是《倚天屠龍記》的梗。然而最後揭開真相，這個秘密只是「仁者無敵」四個字，令人啼笑皆非。

對了，別忘了《書劍恩仇錄》中也有一對「鴛鴦刀」，它既是駱冰的兵器，也是她的綽號。

這兩對刀，會不會其實是同一對？

這個可能性相當高。

修訂版《鴛鴦刀》將故事背景模糊化了，但它最早在《明報》上連載時，曾提及「先帝康熙爺」和「今上接位……十三年來」等細節，顯然是雍正朝末年的故事。《書劍》則是乾隆朝中葉的故事。就算駱冰用的那對刀，並不是同一對鴛鴦刀，有個事實誰都不能否認。

那就是短短幾十年，「鴛鴦刀」這三個字已經變得普普通通，不再引人關注。這分明是在向讀者暗示，即使是正派的武林高手，也覺得「仁者無敵」沒啥用，無法改變現狀，只會被人淡忘。

你看，這是多麼有深意的梗呀！

《鴛鴦刀》這部作品，堪稱是玩梗的鼻祖。

凡是有志創作喜劇的編劇，都應該好好重看一遍這本書。真的，不要以為你很會玩梗。其實，你玩的都是金庸大師玩剩下的。大師的創作理念，領先了時代五十年。

二十、男人女人看金庸，十五部小說都付笑談中

男人都曾有過大俠夢，夢想自己身負絕頂武功，最威風的當然是「降龍十八掌」。路見不平英雄救美時，能夠像郭靖和蕭峰那樣神氣，一招「亢龍有悔」就讓壞人落荒而逃。

男人都曾有過愛情夢，夢想有個紅顏知己相伴江湖，最理想的情侶是任盈盈。縱然相逢於人生最低谷，縱然重病在身落魄潦倒，還能吸引到佳人青眼有加。

男人也曾發過白日夢，夢想美女環繞享盡艷福，最好成為張無忌和韋小寶的混合體，既有天下無敵的武藝，又有各種泡妞撩妹的技術。

男人都曾有過事業夢，夢想能在某個領域大展雄圖，就像貌不驚人的袁承志那樣平步青雲，年紀輕輕就成為七省盟主，有無數豪傑心甘情願的追隨。

男人也曾有過發財夢，夢想能不勞而獲坐擁巨額財富，一個人就獨佔所有藏寶圖，從鹿鼎山走到玉筆峰，從天寧寺來到徐達府，無數金銀珠寶都成為我的囊中物。

男人都曾無比重視友情，相信朋友就是要肝膽相照，必要時還要兩脅插刀。最欣賞段譽、蕭峰和虛竹的三結義，即使遭到天下人圍攻，身邊都有好兄弟生死與共。

男人也曾迷戀過女神，無論她如何高不可攀，都會在心裏掙扎着問自己，是不是應該仿效段譽，用痴心不改的真情來感動王語嫣，順便胖揍一頓慕容復。

男人都曾愛過然後失戀過，就像令狐沖那樣體驗錐心之痛，無論付出多少努力，都無法阻止曾經形影不離的愛侶，從此形同陌路另嫁他人為妻。

男人都曾清醒過，知道應該珍惜身邊的好女孩，與其選擇美貌無雙的阿珂，不如選擇溫柔體貼的程靈素。

男人都曾想過婚外情，區別在於是只敢想一想，還是忍不住付諸行動。心裏都羨慕到處留情的段正淳，但又要求老婆絕對不能學刀白鳳。

男人都曾百思不解過，就像俠客島上的龍木二島主，年復一年日復一日的苦苦思索，可還是猜不透女人想要的到底是甚麼。

女人都曾愛幻想，幻想意中人既是翩翩佳公子，又是蓋世的英雄。明知道一見楊過誤終身，還是忍不住想學飛蛾去撲火。

女人都曾愛浪漫，浪漫的要求其實非常簡單。就像馬春花痴迷於福康安，不是因為他王爺的身份，而是因為那一曲纏綿的洞簫。

女人都曾任性過，越不讓做的事情越想做。就像離家出走的蕭中慧，非要違背父命去喝酒。就算被辣的皺眉頭，也要強撐着再灌一大口。

女人都曾天真過，以為愛人就像陳家洛那樣無所不能，卻看不出他骨子裏的懦弱。猛然間美夢驚醒，才明白上了長城的不一定是好漢，然後在絕望的心情中迎來日落。

女人都曾想過嫁給愛情，就像黃蓉嫁給郭靖。世人都說不配又何妨，時間終會證明我的眼光。

女人都曾執着過，即使被命運推着往前走，也無法說服自己欣然接受。就像李文秀騎着白馬一步一步返回中原——那地方很好很好，可是我偏不喜歡。

女人也曾挫折過，生命中總會遇到一個不可戰勝的對手。就像阿青手中的那根竹棒，縱然打敗了越國的兩千武士，成全的卻是蹙眉捧心的西施。

女人都曾嫉妒過，醋意大發時都想仿效阿蘿，把花心的男人抓起來狠狠折磨。即使有了婚姻的承諾，心裏也不會有安全感，總害怕會成為遭遇婚變的周芷若。

女人也曾寂寞過，抱怨老公為甚麼會像苗人鳳，空有打遍天下無敵手的武功，卻被生活消磨了所有情趣。然後開始理解並同情了南蘭，可還是沒有勇氣奔向田歸農。

無論男人還是女人，都曾感受過人性的醜陋，覺得自己就像狄雲，遇到的人一個比一個惡毒。真想拋開一切尋找心目中的雪山，卻不知道有沒有水笙在那裏等候。

無論男人還是女人，都不知不覺學會了人情世故，就像韋小寶那樣圓滑厚顏面面俱到，一邊鄙視別人的世俗，一邊自己也無法免俗。

無論男人還是女人，都曾傷過痛過流淚過，然後強迫自己成為無塵，斬斷了那條手臂與愛恨，拖着殘軀也要重新揮劍上陣。

無論男人還是女人，都曾戴上人皮面具生活，就像人到中年的楊過，或是害怕受傷的程英，很多時候都想藏起自己，不願被人看到真實的模樣。

無論男人還是女人，每一天都在成長，終有一天會變的灑脫，就像老年的黃藥師那樣摘下面具，內斂了鋒芒消退了火氣，平靜從容的享受生活。

無論男人還是女人，總有一天會垂垂老去。看淡了俗世繁華和功名利祿，懂得了萬物到頭皆是空，就像一燈、瑛姑與周伯通，抹去一輩子的恩怨情仇，結伴而居終成好友。

無論男人還是女人，無論是甚麼年紀，無論是甚麼性格，無論是怎樣的遭遇，無論是怎樣的心情，都能在金庸小說的某一段劇情裏，找到深深的共鳴。

因為這十五部精彩的小說，寫盡了人世間的悲歡離合與喜怒哀樂。也因為每個人的內心深處，都有一個多姿多彩的江湖。

掌故與考據篇

二十一、「超人」金庸：每天換四個馬甲寫稿，同時經營七份報刊

金庸不單是超一流的小說家，還是個神奇無比的「超人」。在他的全盛時期，他每天工作量之巨大，寫作任務之繁重，完全超乎了正常人潛能的極限，列舉出來足以把你嚇得瞠目結舌。

很多人都知道，《明報》於一九五九年創刊後，金庸在相當長的一段時間裏，都是「左手寫社評，右手寫武俠小說」。

寫社評的時間，比寫小說的時間更長。一九七二年《鹿鼎記》連載結束後，金庸沒有再寫新的武俠小說，但他繼續為《明報》寫社評，一直到一九九三年正式退休為止，前後長達三十多年。

這些社評沒有署名，但影響力極大。當年的港英政府工作人員，每天都要將他的社

評翻譯成英文，呈送給港督過目。

除了武俠小說和社評之外，金庸還要兼顧其他許多事務，每一項都是相當耗神、必須投入極大熱情才能完成的工作。尤其是從一九六二年到一九六九年這八年間，他以無比旺盛的精力，做了以下這些工作。

第一是以「徐慧之」為筆名，在《明報》副刊撰寫一個名為「明窗小札」的專欄。

這個專欄是從一九六二年十二月一日開始的。可惜當天的報紙已經找不到了。不過還能找到第二天，也就是十二月二日的專欄文章，位於版面的中間偏左位置。這篇文章引用了國外的一些資料，陳述中印戰爭之後中國撤兵的原因。此後一個多月的文章，大多是對國際政局的分析和時評。

這個專欄真正引起外界注意，是在一九六三年一月十七日，當天文章的題目為〈明辨是非，積極中立〉，位置改到了版面的右上角。

這篇文章重申了副刊選稿的標準，與《明報》的新聞立場相同，也就是「……凡是有利於國家和老百姓者，我們讚揚之，有害於國家和老百姓者，我們反對之。如果國家的利益和老百姓的利益發生矛盾之時，我們以老百姓為重……」

有趣的是，文章的第一段玩了個小小的花招。如下：

從昨天起，我正式加入明報編輯部工作，除了寫這「明窗小札」專欄，還協助金庸兄選擇「自由談」的稿件。

這顯然是故意誤導讀者，讓讀者以為「徐慧之」和「金庸」是兩個不同的人。該專欄一直刊登到一九六八年十月三十日，除了一九六七年曾經中斷約五個半月外，基本上保持了每日見報一篇。

在此期間，金庸還另外開了個專欄，以「黃愛華」為筆名，發表〈論祖國問題〉的一系列文章。同時他還用其他筆名翻譯英文小說，每天都在報紙上連載。

這些作品需要花大量時間才能找出來，手頭暫時沒有圖檔。

總而言之，金庸每天至少要置換四個身份寫稿。第一是寫社評，第二是寫武俠小說，第三是寫國際政局分析，第四是翻譯小說。

其中以武俠小說最受讀者歡迎，所以每天寫的字數最多，比如《神鵰俠侶》，前四天是每天連載一千字，第五天增加為一千二百字，第六天開始增加為一千六百字。四個身份所寫的稿子總字數，差不多有五千字（其實還不止，因為期間有好幾年，金庸都是同時連載兩部武俠小說）。

每日更新五千字！

如果光看字數，今天有大批網絡寫手都能做的到，有人號稱連續十多年日更一萬字，從來沒有中斷過。不過，今人寫稿都是用電腦打字，而金庸全部是手寫，消耗的體力比打字要大的多，所以直接進行比較並不公平。

如果跟金庸同一時代的作家比較呢？

表面看金庸也不是最多的。寫稿最多最快的是倪匡，他最高產時曾每天為十二家不同的報紙，連載十二部不同的小說，也就是日更一萬二千字。最少也日更八千字。這個速度連續保持了三十多年，還曾創下一天寫完一本書的記錄（約六萬字），大概是空前絕後了。

憑心而論，倪匡這些小說寫的都不錯，當時就很暢銷，到今天仍然擺放在香港的各大圖書館裏，每一部作品都再版了二十次以上。

但倪匡是純粹的作家，可以專心寫稿。金庸卻要分心於整個《明報》的運作，從編輯部採編事務到人事管理，從幫記者改稿到為編輯改標題，從審核內部財務到以社長身份外出應酬，一樁樁一件件全都離不開他。

不僅如此，金庸還另外創辦了多份刊物。雖然有些失敗了，但還是以成功的為多。

最成功的是《明報月刊》，於一九六六年一月創刊，至今仍在出版。這本以「文化、學術、思想」為主的月刊，一開始便鎖定以全世界的華人學者、知識分子為對象。它為金庸贏得了巨大的國際聲譽，但在運營上僅能做到收支平衡。

真正賺錢的是《明報周刊》，於一九六八年十一月創刊。該週刊初期以軟性時事為主，後來轉變成為一份純粹以娛樂新聞為主的雜誌，大受讀者歡迎。一九九〇年時該週刊的廣告收入高達七千五百萬港元，佔《明報》集團出版總收入的兩成。

一九六九年十二月一日，金庸創辦了《明報晚報》。初期是一份綜合性報紙，後來轉變成為以經濟新聞和股市新聞為主的晚報。這份報紙維持了將近二十年，培養了無數人才。《信報》的創辦人林行止、「香港股神」曹仁超等知名人士，都是從該報出來的。直到一九八八年，金庸預見香港晚報市場將日益萎縮，才把它關閉，於九月一日停刊。

較少人知道的是，一九六七年金庸還分別在新加坡、馬來西亞創辦了華文報紙，命名為《新明日報》。該報也曾輝煌一時，在一九七九年日銷十萬份，是新加坡名列前茅的大報。後來由於新加坡改變政策，限制外國人只能持有新加坡公司百分之三的股權，馬來西亞也同樣限制外國人參股量，金庸不得不退出了《新明日報》。

另外還有幾份值得一提的刊物。

一個是《武俠與歷史》雜誌，創辦於一九六〇年。金庸的《飛狐外傳》最早是在這本雜誌連載的。該書的後記記載：「《飛狐外傳》寫於一九六〇、六一年間，原在《武俠與歷史》小說雜誌連載，每期刊載八千字……我每十天寫一段，一個通宵寫完，一般是半夜十二點鐘開始，到第二天早晨七八點鐘工作結束。」古龍的《絕代雙驕》也在這本雜誌連載。由於年代久遠，所有圖書館都找不到該雜誌的資料。停刊日期不詳。

更加鮮為人知的還有兩份刊物。一個是《野馬》雜誌。一九六二年創刊，一九六九年停刊。金庸在創辦《明報》之前，最初想辦的就是這份雜誌。另一個是《華人夜報》，一九六七年九月二十二日創刊，一九六九年關閉。雖然它僅僅運營了兩年就失敗了，但金庸從失敗中吸取教訓，接下來就創辦了《明報晚報》。

金庸曾寫過一篇社評，說整個《明報》集團有七兄妹。《明報》是大哥，《武俠與歷史》雜誌是二哥，《明報月刊》是三哥。四哥、五哥是「孖仔」（即雙胞胎），四哥是新加坡《新明日報》，五哥是馬來西亞《新明日報》，六妹是《明報周刊》，七妹是《明報晚報》。

萬事開頭難，以上所有這些艱巨的開創工作，都是在一九六二年到一九六九年期間完成的。對照金庸創作武俠小說的年表，這期間他連載的是《倚天屠龍記》、《天龍八部》、《俠客行》、《笑傲江湖》，以及《素心劍》（修訂版改名為《連城訣》）。

如此繁重的開創工作，非但沒有影響金庸的創作熱情，反而激發出了超乎極限的潛力，把小說寫的一本比一本好。想像一下他每天要完成的工作量，震驚了有沒有？你說他是不是「超人」？

更令人吃驚的是，金庸每天還能抽出時間勤奮學習，廣泛閱讀。他曾接受採訪時回憶：

九龍尖沙咀碼頭前，有一檔報販專賣外文航空版的報紙，美國的《紐約時報》、《紐約先驅論壇報》，英國的《泰晤士報》、《衛報》、《每日電訊報》、《每日快報》、《每日郵報》，西德的《佛蘭克福日報》、《漢堡日報》，日本的《朝日新聞》、《每日新聞》、《讀賣新聞》，以及曼谷《日報》，馬尼拉《時報》，新加坡《海峽時報》等等都有……

看看這份清單，再想一想自己，我們是不是應該感到慚愧？

有多久沒有靜下心來好好的閱讀了？

很多人都說自己熱愛讀書，但因為工作太忙了，忙到沒有時間讀書。你再忙，能比金庸還忙嗎？

所有的分開，都是因為不夠愛。所有不讀書的理由，都是在給自己找藉口。醒一醒吧，勇敢承認吧，真正的理由是，你並沒有自己以為的那麼熱愛讀書。希望你看完這篇文章之後，暫時放下手機，拿起久未翻開的書本，重新點燃讀書的熱情。

這才是筆者蒐集資料寫下此文的最大目的。

也是對金庸的最好懷念。

【本文部份資料參見李以建〈導讀：金庸的話語世界〉《金庸卷‧香港當代作家作品選》】

二十二、鮮為人知的金庸版本學——修訂了不止兩次

金庸先生仙逝，很多讀者都想買一套他的武俠小說全集珍藏，但不知道買哪個版本好。

這個問題很難回答，假如你只想買來放在書櫥裏作為裝飾，就像四大名著一樣，除了剛搬回家的那天翻一翻，之後就束之高閣了，那你隨便買哪個版本都是一樣的。

假如你是想靜下心來，從頭到尾認真閱讀一遍，那就要多花點心思做功課，好好比較後再做出決定。因為金庸小說不僅創下多項銷售紀錄，還有另外一項紀錄，在古今中外文學史上也是絕無僅有的。那就是「版本」種類的紀錄。

在「金學」研究中，有專門的「金庸版本學」，各類著作甚多。其複雜艱深的程度，幾乎不亞於《紅樓夢》的版本考據難度。每一種不同的版本，都會帶來不一樣的閱讀感受。不少版本之間的區別，比《紅樓夢》脂本和程本的區別還要大的多。如果只從故事

情節的異同來劃分，金庸小說有三個版本。

第一是最早的報紙連載版，曾結集成單行本，被一般讀者視為「舊版」。

第二是七十至八十年代大規模修改的版本，即「修訂版」。

第三是一九九九年至二〇〇六年再次大規模修改的版本，即「世紀新修版」。

其實這只是最粗略的劃分。如果以學術研究的角度劃分，報紙連載版不能簡單的等同於「舊版」單行本，二者頗有不同之處。

因為早在連載期間，金庸就非常重視單行本的質量，不是簡單的把報紙刊登的文字結集起來就出版了。

他曾經「悄悄的」進行過小規模的修改。這一點從來沒有公開宣佈過，只有仔細研究過報紙原文的人才知道。

修訂版的情形也類似。很多讀者以為修訂版是直接以書本的形式面世的。其實並非如此。每一部小說的修訂版，一開始都是先在《明報晚報》上重新連載。這個欄目統一標註有「全新修訂本」的字樣。當這些連載的文字結集成書時，金庸又「悄悄的」做了若干修改。

試以《書劍恩仇錄》為例，發表在《明報晚報》一九七一年四月九日版面上的修訂版，有以下段落：

常氏雙俠見這兩人太監打扮，一人空手，一人捧着一隻盒子，剛才這一出手，顯然武功精湛，內侍中居然有此好手，倒也出人意外，一瞥之間，兩名太監已走到陸菲青和趙半山身後。

後來結集成書時，上述文字又做了不少修飾，如下：

這時常氏雙俠也已向兩旁側身，讓出路來，見這兩人太監打扮，一人空手，一人捧着一隻盒子，剛才這一出手，顯然武功精湛。內侍中居然有此好手，倒也出人意外，一瞥之間，兩名太監已走到陸菲青與趙半山身後。（修訂版《書劍恩仇錄》第二集，八〇四頁）

《碧血劍》也改了好幾次，修訂版在《明報晚報》連載時，曾更名為《碧血金蛇劍》，結集成書時又改回原來的名字《碧血劍》。

《天龍八部》的修訂版連載時，金庸曾在另外一份報刊上發表題為〈增刪潤飾，改寫修訂〉的文章，解說自己遣詞用字的習慣以及對創作的一些想法：

這次修改的結果還是很不滿意，總覺不必要的人與事仍是太多，而必要的人與事卻發展得不充份，將來排印單行本，當再作重大的增刪改寫。（《世界日報》一九七六年三月十三日）

所以，修訂版本身至少有兩種版本，分別是「報紙連載修訂版」和「單行本修訂版」。這還沒完，當單行本修訂版在香港、大陸和台灣分別銷售時，由於一些政治上的因素，不得不做出調整，導致三個地區的版本又存在若干差異。

至於「世紀新修版」倒是比較簡單，所有地區的所有版本都基本一致。不過這個版本面世後遭到眾多讀者吐槽，諸如黃藥師和梅超風曖昧師生戀，王語嫣重新回到慕容復身邊等等劇情，簡直是「毀童年」。

另外值得一提的是，三個地區都有大量良莠不齊的盜版。大陸和台灣盜的基本是八十年代的修訂版，香港則是盜五十——七十年代的舊版。

一般人的印象，盜版都是差劣的象徵，沒有任何價值可言。但香港當年的盜版商，很多都是用簡單粗暴的方法，直接將報紙連載的內容結集出版。而多年前的舊報紙大多已經散佚，這就造成了一個奇特現象——某些盜版反倒更加「原汁原味」，成為研究舊版的寶貴資料。

下面重新回到讀者最關心的問題，買哪一個版本好？筆者個人的建議，當然是買修訂版。

因為它是流傳最廣最深遠、影響力最大的版本。金庸小説誕生以來，改編成影視劇總計超過一百次，絕大部份都是根據這個版本的故事來拍攝的。

不過修訂版的單行本，又有好多種類。它們各有各的長處，有必要再進一步介紹。

由於金庸長期定居香港，修訂版最早是在香港推出，從一九七六年開始陸續面世，由金庸本人開辦的明河社發行刊印。

筆者手裏有幾部從香港二手書店淘來的寶貝，品相良好印刷精美。十五部小説共計三十六冊，每一冊的封面圖、內頁插圖和篆印均為名家手筆，都是金庸精心挑選出來的藝術精品。

比如這部《倚天屠龍記》第一冊，封面是元代畫家黃公望的《九珠峰翠圖》。他和張無忌生活於同一時代。

扉頁印章是晚清篆刻家徐三庚的「曾經滄海」。此人的作品在同治、光緒年間一時風靡，對日本篆刻家影響極大。此外還有許多字畫，都是能夠體現元明時期文化特色的佳作。

明河社的這個版本，是所有修訂版的「母版」，內容最完整，體現了作者本人的全部意願，沒有受到任何其他因素干擾。可惜這個版本已經絕版了，找齊一整套非常難。想要收藏的朋友，只能從二手書店一套一套去蒐集。

如果不想這麼麻煩，希望一口氣買齊十五部小說的，可以直接買金庸授權在大陸發行的版本。最出名的當然是「三聯書店版」。它是大陸最早的正版金庸全集，一九九四年上市。這個版本的封面也都採用名家畫作，比如《天龍八部》第一冊選用的是明朝畫家周臣的《春山遊騎圖》。

三聯版的文字部份比明河社的「母版」略有刪減，此外還有個別錯字。

總體而言，這個版本受最多粉絲追捧，具有收藏價值。筆者自己撰寫關於金庸的文章時，一般也是以它作為依據。

不過三聯版於二〇〇一年到期後，未能獲得續期，在市面上也絕版了。好在這套書發行量很大，想要買齊一整套並不算困難，只要你捨得花錢。

不想花太多錢的朋友，可以考慮買廣州出版社和花城出版社聯合出版的「花城版」。這是二〇〇一年之後得到授權的正版。

還有一個「朗聲懷舊版」，從二〇一一年開始推出，算是裝潢精緻。

另外，修訂版還曾在台灣地區熱銷。大家肯定不會去買台灣版本，但有些趣事還是值得介紹的。

八十年代之前，金庸小説在台灣曾被查禁。理由相當奇葩，説是《射鵰英雄傳》的書名，和毛主席詩詞「只識彎弓射大鵰」遙相呼應，有鼓吹頌揚毛主席之嫌。金庸為此專門寫過一篇文章辯解，信手拈來引用了諸多典故。

射鵰是中國北方民族由來已久的勇武行為。《史記·李廣傳》中説：「是必射鵰者也。」

王維有詩：「回看射鵰處，千里暮雲平。又有詩：『暮雲空磧時驅馬，落日平原好射鵰。』」

楊巨源詩：「射鵰天更碧，吹角塞仍黃。」

溫庭筠詩：「安得萬里沙，霜晴看射鵰。」

中國描寫塞外生活的文學作品往往提到射鵰，「一箭雙鵰」的成語更是普通得很。毛澤東的詞中其實沒有「射鵰」兩字連用，只有「只識彎弓射大鵰」。中國文字人人都有權用，不能因為毛澤東用過，別人就不能再用。

解釋的有理有據。但當年的台灣當局不接受。沒法子，《射鵰英雄傳》只好更換書名，變成了《大漠英雄傳》。

一九八〇年後，台灣的環境好轉政策鬆動，金庸小說終於解禁，先後由台灣遠景和遠流出版社刊印全集。但當局還是那麼熱衷改書名，莫名其妙的把《書劍恩仇錄》也給改了。變成了《書劍江山》。

九十年代之後台灣不再有任何政治禁忌了，這個毛病才改了過來，書名恢復了原樣。不過內文做的一些修改仍然沒有訂正，和香港明河社的「母版」原文相比，仍有不同之處。

修訂版的情況大致就是這樣。下面開始介紹舊版。

如前所述，最早發表的報紙連載版才是最「原汁原味」的舊版，但現在只能在圖書館裏翻閱舊檔案了，而且資料不全。

一般讀者眼中的舊版，是五十—七十年代刊印的單行本。那個時期市面上充斥五花八門的盜版，種類比正版還多。即使是得到金庸授權的正版單行本，又有好幾個不同的系統。

一九五九年七月十九日，金庸在《明報》連載的《神鵰俠侶》正文後面，有個回答讀者提問的段落：

某某（字跡不清）先生：《神鵰俠侶》之正版本即將由三育圖書公司出版。普及版之薄本及厚本，均已由鄺拾記報局出版。你欲補閱前文，可就近購閱。

從這幾句話可以看出，在《神鵰俠侶》還沒寫完時，市面上就已經有「正版本」和「普及版」。後者又分為「薄本」和「厚本」兩種版本。

看暈了有沒有？

你一定在心裏犯嘀咕，好好的一本小説，為甚麼要搞這麼多版本？這不是添亂嘛。其實這是無奈之舉。金庸也是迫不得已才這麼做的。

當年香港法制還不完善，盜版書商囂張到甚麼程度呢？他們不是偷偷摸摸的「盜」，而是明目張膽的「搶」。在正版書還沒推出來時，盜版書就搶先一步上市了。那時候的讀者不具備分辨能力，越快上市的版本，往往能獲得越多銷量。於是，盜版商之間也開始「比快」。

大家都直接盜取報紙連載的內容，累計到一定字數，就私自盜印成單行本發售。一開始還講個江湖規矩，按照書籍的約定俗成，每積累五六萬字才印成一冊單行本。後來有盜版商發現，其實可以減少字數，每三四萬字就盜印成一冊單行本，這樣就能比別人更快推出市面銷售。書冊雖然變薄了，讀者照樣買賬，銷售成績比過去更好。

於是，盜版商之間又開始「鬥薄」。你四萬字印成一冊，我就三萬字。你也三萬字了，我就兩萬字。比如當時香港有個「光明出版社」，盜印《射鵰英雄傳》，第一集收錄了報紙上總共二十六天的內容（一九五七年一月一日至一月二十六日），共約三萬字。之後有個「宇光圖書公司」也來分一杯羹，每十天就盜印一冊。每冊才一萬多字。

到《明報》時期更加瘋狂。據一位學者考證，當時在《明報》連載的金庸小說，「每七天就被人結集盜印成單行本出版」。

這給金庸帶來巨大損失。在《明報》開創的頭幾年，運營非常困難，金庸為了把這份報紙維持下去，幾乎把家產都給變賣光了。

小說單行本的銷售，可以說是金庸最大的收入來源。他為了對付盜版商，只好也開始「鬥快」和「鬥薄」，每七天就推出一冊單行本。

以舊版《倚天屠龍記》第三十三冊為例，收錄的是一九六二年二月十四日至二月二十日連載的內容。該冊封底的出版日期也是一九六二年二月二十日。

也就是說，《明報》上的小說每連載七天，金庸就在最後一天的當日，同時推出單行本，收錄過去七天的內容。

這一招夠狠。你盜版商再快，也不可能比我更快了。狠招果然奏效。自此之後，盜版終於日漸減少乃至絕跡。

不過，書冊太薄又帶來其他問題。由於每冊只有七天的內容，而金庸小說動輒過百萬字，一部小說全部出完累計達百餘冊。收藏家都知道，冊數越多，就越不容易保管，越容易失散。因此後來做了個變通。每四冊薄薄的舊版，被裝訂成一冊較厚的「合訂本」。

這就是所謂的「厚本」，出版的速度也很快，一般是在每四冊「薄本」出來後，兩天到三天內「厚本」就上市了。

比如《倚天屠龍記》的薄本第四十五冊，在一九六二年五月十五日出版；第四十六冊在五月二十二日出版；第四十七冊在五月二十九日出版；第四十八冊在六月五日出版。而集合了以上四冊的合訂本第十二冊，則在六月八日出版。

這樣一來總算皆大歡喜，讀者有了更多選擇，既可以每天追看報紙，也可以每週買一冊薄本，還可以每個月買一冊合訂本。唯一的壞處是，金庸用於修訂小說的時間變少了。

本來，當報紙連載的文字結集成冊時，金庸都會花大量時間潤飾文字、重擬標題，並順手修改一些小 Bug（此處指文章漏洞）。這是真正意義上的第一次修訂。

以《碧血劍》為例，最早在《香港商報》連載時，第一篇原有如下文字：

這年正是明崇禎九年，侯公子稟明父母，出外遊學，其時道路不靖，盜賊如毛……（一九五六年一月一日）

結集成單行本出版時，這句話改成了：

這年正是明崇禎五年，侯公子稟明父母，出外遊學，其時逆閹魏忠賢已經伏法，但天下大亂，道路不靖，盜賊如毛……（舊版《碧血劍》第一集）

除了修訂文字外，金庸還花了不少精力重訂章節回目。

再以《碧血劍》為例，報紙連載版共十八章，每章的字數長短不一，差距較大。結集為單行本時共有五冊，每冊五回，總共二十五回，每回基本是二十五頁左右。

顯然，這是金庸刻意調整的結果。足以證明他是力求以嚴謹的態度，認真對待自己的作品。

在創辦《明報》之前，金庸沒有那麼大的經濟壓力，因此對最早的三部小說，他不是很在乎單行本的出版速度。

筆者曾從一位朋友手中，看到殘缺的舊版《書劍恩仇錄》單行本，第三冊寫明初次出版日期是一九五六年六月，該冊最後一頁寫到陳家洛「雙足一頓，從窗中跳了出去」。將之與《新晚報》上連載的原文對照，發現上述文字出現在一九五五年九月六日。

由此可見，《書劍》單行本的出版進度，比報紙連載的進度整整慢了九個月。有這麼長的滯後時間，難怪金庸可以逐句審閱和修訂，令單行本的文字更加流暢優美。後來由於要跟盜版商「鬥快」，金庸不可能再這麼仔細的進行修訂了。儘管如此，每七天出版的那一冊單行本，仍有不少改動的痕跡。

那個年代作者的寫作習慣是，在報紙上每天連載文字的第一段，經常要呼應前一天的最後一段。讀者天天追看不覺得有甚麼問題，但如果連起來一口氣閱讀，就會每隔一千字左右就遇到一個「坑」，影響閱讀的流暢感。金庸為讀者考慮的很周到，在初次出版的單行本中，就把這些「坑」全都填平了。

此外，金庸還重新擬定了單行本的回目標題。比如《神鵰俠侶》在《明報》上連載時，一九五九年十一月十八日至十一月二十四日的小標題分別是：

〈只須三招，就能殺他〉
〈她生平似乎就叫人憐惜〉
〈男子漢大丈夫的氣概〉
〈又深情又嬌羞的相望〉
〈真像是一具殭屍〉
〈醜陋無比的人皮面具〉
〈向丐幫取一千條人命〉

這些內容收錄在單行本的薄本第二十七冊，該冊的回目是〈三招絕招〉。

總結一下舊版單行本的情況，金庸正式授權的正版，現存於世的主要有兩大系統。一個是「三育圖書公司」系統。有三部完整的作品是在該公司刊印的，分別是《書劍恩仇錄》、《碧血劍》和《射鵰英雄傳》（《神鵰俠侶》僅刊印若干冊，未能出齊）。

另一個是「鄺拾記」系統。有九部完整的作品在該出版社刊印，分別是《神鵰俠侶》、《倚天屠龍記》、《俠客行》、《白馬嘯西風》、《飛狐外傳》、《素心劍》（即《連城訣》）、《鴛鴦刀》、《天龍八部》和《笑傲江湖》。

請注意，《鹿鼎記》和《越女劍》沒有出版過舊版單行本。《雪山飛狐》是否出版過單行本則是一個疑問，金庸本人曾有兩種不同的說法，早期曾說有，後來說沒有。

此外還有一些零星的舊版，比如胡敏生書報社版本的《鴛鴦刀》和武史出版社的《笑傲江湖》等等，也是得到授權的正版，但流傳程度不廣。以上所有這些舊版，已經成為文物。據說，全世界只有一個倪匡，家裏收藏有一整套完整的舊版。

所以，幸存下來的極少數舊版，成為收藏家熱捧的珍品，也是炒家眼裏的寶藏，每隔一段時間都會拿出來拍賣。僅僅單部完整的舊版，成交價已高達數千到數萬元不等。

炒的最高的是「《射鵰》三部曲」，三套連賣不拆售，叫價已經超過十二萬元人民幣。

至於「世紀修新版」，滿街都是。在此就不予置評了。

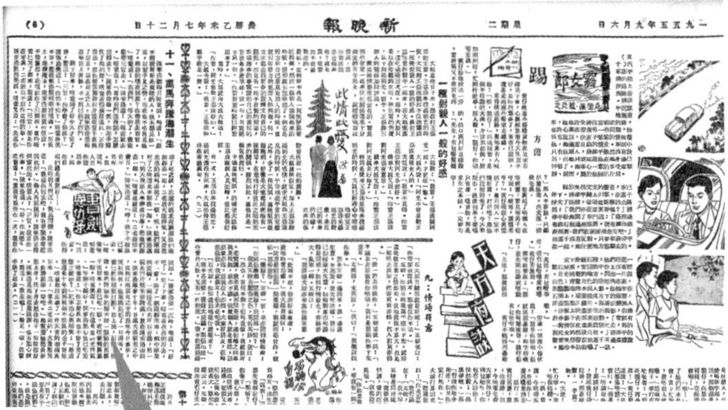
一九五五年九月六日 星期二 新晚報 （6）

十一、萬馬奔騰海潮生

陳家洛聽得目眦欲裂，叫道：「想不到我哥哥是這樣的人，我本想見他一面，以慰手足之情，現在也不必再見他了。雨詩的墳在那裏？你帶我去看看。」晴畫道：「在西門，等天明了，我偷偷帶三官去。」陳家洛道：「現在就去。」晴畫道：「這時府門還沒開，怎麼出得去？」陳家洛微微一笑，伸左手摟住了她的腰，晴畫羞得滿臉通紅，正待說話，忽如騰雲駕霧般身體從窗子裏飛了出去，站在屋瓦之上。陳家洛帶着她在屋頂上奔馳，不一刻已到了西門。

跳下房來，晴畫隔了好半天才定了神，驚道：「三官，你學會了仙法？」陳家洛笑道：「你怕不怕？」晴畫抿笑不答，把陳家洛領到雨詩墳邊。一坏黃土，埋香掩玉，陳家洛想起舊時情誼，不禁潸然，在墳前作了三個揖。這時晴畫已哭了出來，說道：「三官，要是你在家裏，二老爺也不敢作這樣的事。」陳家洛默然點頭。晴畫又道：「忠進也尋了死之後，忠進的媽求府裏讓他們兩個葬在一起，二老爺大發脾氣，反而把忠進的媽叫去罵了一頓，唉，他們兩個死了之後還是不能在一淘。」陳家洛道：「明天我派人來辦這件事，把他們葬在一起。」晴畫遲疑道：「二老爺怕不會肯。」陳家洛道：「哼，我才不理他肯不肯呢。我還叫人把你贖出來，回你自己家去。」晴畫哽咽着道：「三官，你待咱們總是這麼好……」

此時明月西沉，繁星閃爍，陳家洛道：「我送你回去吧，我有要緊事要趕回杭州。」兩人再回陳府，陳家洛正待越窗而出，晴畫道：「三官，我求你一件事。」陳家洛道：「好，你說吧。」晴畫道：「讓我再服侍你一次，我給你梳頭。」陳家洛微一沉吟，笑道：「好吧！」坐了下來，晴畫喜孜孜的出去，不一會，捧了一個銀盤進來，盤中兩隻細瓷碗，一碗桂花白木耳百合湯，另一碗是四片糯米嵌糖藕，放在陳家洛面前。陳家洛離家十年，日處大漠窮荒之中，這種江南富貴之家的滋味今日重享，恍如隔世，他用銀匙舀了一口湯喝，晴畫已把他頭髮打開，抹上油，用梳子梳理。他把碗碟中的糯米球一顆顆的用筷子頂出來，自己吃一顆，在晴畫嘴裏塞一顆。晴畫笑道：「你還是這副老脾氣。」等辮子編好，陳家洛點心也已吃完。晴畫道：「你怎麼長衣也不穿？着了涼怎麼辦？」陳家洛心裏暗笑：「難道我還是十年前那種弱不禁風的公子哥兒。」晴畫跑出去拿了一件天青的湖縐長衫來，道：「這是二老爺的，大着點兒，你將就穿一穿吧。」她幫着他把長衫套上身，伏下身去把他扣子一粒粒扣好。陳家洛見她強忍着眼淚，也有點心酸，說道：「我去啦！」雙足一頓，從窗中跳了出去。（二一一）

殘缺舊版《書劍恩仇錄》單行本第三冊最後一頁寫到陳家洛「雙足一頓，從窗中跳了出去。」出現在一九五五年九月六日的《新晚報》。（圖片由大公文匯傳媒集團提供）

二十三、舊版金庸小說的投資價值：五十年上漲五千倍

金庸小說的文學價值無人不知，但它的收藏價值和投資價值，知道的人就不多了。

其實，在二手書交易市場上，金庸小說的某些版本，一直受到收藏家熱捧。它們的售價一年比一年高，遠遠超過了多年前的原價。尤其是一些稀有的版本，每隔一段時間都會出現在拍賣會上，成交價更是居高不下，「升值」的倍數動輒數千，甚至過萬。

金庸先生仙逝後，香港新亞圖書中心於十一月初舉行了一個拍賣會，總共拍賣二千三百多件舊書字畫。其中有十八套不同時期出版的金庸小說，吸引了大批忠實粉絲到場爭奪。

拍賣會的場地相當簡陋，氣氛卻很熱烈。這十八套舊書經過多輪競拍，當日全部成交。競拍最激烈的，是一套六十年代出版的《素心劍》。

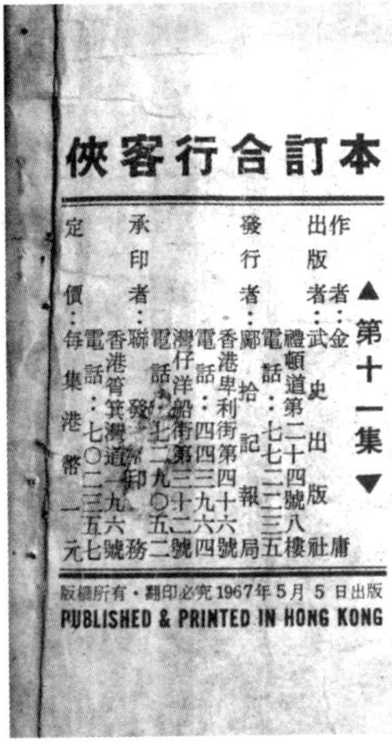

俠客行合訂本

▲第十一集▼

作者：金庸
出版者：武史出版社
禮頓道第二十四號八樓
電話：七七二二三五
發行者：鄺拾記報局
香港卑利街第四十六號
電話：四四三九六四
灣仔洋船街第三十二號
電話：七二九〇五二
承印者：聯發印務
香港筲箕灣道一九六號
電話：七〇二三五七
定價：每集港幣一元

版權所有・翻印必究 1967年5月5日出版
PUBLISHED & PRINTED IN HONG KONG

現存最早的舊《俠客行》（鄺拾記版本）

金庸後來修訂小說時，大概是為了湊成「飛雪連天射白鹿，笑書神俠倚碧鴛」的對聯，把書名改成了《連城訣》。也正因為如此，這套《素心劍》是真正的絕版，從底價三千港元起拍，最終成交價高達兩萬六千港元。

筆者也參與了這次拍賣會，而且忍不住親自下場，成功競拍到另外一套作品。就是這套鄺拾記版本的《俠客行》，它是該書現存最早的舊版。底價五千港元起拍，最終成交價一萬一千港元。再加上佣金費用，筆者總共付出了一萬二千六百五十港元。真是荷包大出血，越想越肉痛。小心翼翼的把書捧回家一看，這套書總共十一冊。印在書上的售價是每冊一港元。

也就是說，當年全套書的總價只有十一港元，現在變成了一萬一千港元，翻了一千倍。當然，這個價格是筆者自己把它推高的。雖非本意，但造成的客觀事實就是如此。

所以先在此鄭重聲明，筆者競拍這套書純係個人喜好，為的是掌握第一手的研究資料，無意進行炒賣，在任何情況下，都不會把它再轉售給他人。

將來會找一個適當的時機，把這套書捐贈給金庸文化博物館，或是其他有意收藏的官方機構。畢竟私人的力量是有限的，只有交給專業機構來保管，才能更好的維護它。

不過就事論事，這類出版於六十年代的舊版金庸小說，確實具備很高的收藏價值，所以才會有這麼多人熱衷競拍，甚至把它當成文物來炒賣。就以此次拍出最高價的《素心劍》為例，當年的每冊售價是〇點八港元，六冊總計四點八港元，如今變成了兩萬六千港元，也就是五十年來翻了五千四百多倍。簡直比買股票、買黃金都更加保值。

可能有很多人不理解，不過是一套舊書而已，有啥理由這麼貴……其實這跟玩古董是一樣的。喜歡的人，自然覺得它貴的有道理。最大的原因是，這些舊版金庸小說已經絕版了。它跟後來的修訂版有很多不同之處。

舊版有許多非常有趣的劇情和設定，若與修訂版對照着閱讀，會有層出不窮的新奇發現。比如，很多讀者可能都已經聽説過，楊過的母親原本並不是穆念慈，而是一個名叫秦南琴的捕蛇少女。

但大部份人一定不知道，郭靖小時候曾經「聰明伶俐」；黃蓉除了無法「雙手互搏」之外，還有第二種武功也是始終學不會。

謝遜和張無忌都曾練過降龍十八掌，一招「亢龍有悔」使的有模有樣。

葉二娘疑似跟丁春秋有一腿，每次見面都會親熱的叫「春秋哥哥」。

張三手對郭襄的情感，比我們現在看到的更加明顯。

胡斐的文化水平蠻高，提筆即能寫詩；嗓子也不錯，還會唱歌。

李莫愁是個年過五旬的扮嫩老黃瓜，一出場就瞎了一隻眼。

周芷若並不是船家貧女，而是義軍領袖周子旺的女兒。

趙敏的名字原本叫「趙明」；王語嫣則是叫「王玉燕」，起初武功並不低。

怎麼樣，是不是覺得很新鮮，有了翻開細看一下的想法？

以上這些內容都來自舊版，金庸七八十年代修訂時進行了大刀闊斧的修改，有的地方甚至刪的乾乾淨淨，不留半點痕跡。

憑心而論，這些刪改令小說劇情更加緊湊，結構更加合理。總體而言，修訂版的藝術價值確實高於舊版。但是，如果只看局部，每一段被刪掉的內容，都自有其精彩閃光之處，部份內容反倒比修訂版更勝一籌，更加意味深長。

這就是整體和局部的矛盾。想必金庸當年也是忍痛割愛，為了讓作品「經典化」，不得不動手修剪枝葉，增刪斧削，令之呈現最完美的造型。

可是那些被剪掉的枝葉，本身也值得讀賞玩索，就這樣讓它湮沒消失，未免太可惜了。所以，資深金迷們才這麼熱衷於蒐集舊版，一睹金庸小說最初的原貌。

除此之外還有另一個原因，舊版的插圖非常精美。

金庸小說一開始在報紙上連載時，每天都有一幅插圖搭配在正文處。這些插圖絕大部份是兩個畫家的作品。一個叫姜雲行，筆名「雲君」；一個叫黃永興，筆名「王司馬」。

雲君總共為六部小說畫插圖，分別是《碧血劍》、《射鵰英雄傳》、《神鵰俠侶》、《倚天屠龍記》、《連城訣》、《鹿鼎記》。

王司馬畫的是《書劍恩仇錄》、《雪山飛狐》、《飛狐外傳》、《天龍八部》、《鴛鴦刀》、《白馬嘯西風》、《俠客行》、《笑傲江湖》、《越女劍》。

由於當年的報紙大多散佚，數千幅插圖也隨之煙消雲散。好在報紙連載的文字結集成單行本出版時，有相當一部份插圖保留了下來，成為舊版不可分割的一部份。某些單行本甚至擁有「海量插圖」，每一頁至少一張圖，排版精緻古色古香。

後來金庸推出修訂版，又請這兩位畫家分別重新繪製插圖。新的插圖雖然也很好看，可畢竟不是原來的插圖了，而且數量大大減少，每一章回才配一張插圖。兩位畫家的風格各有千秋，筆者個人更喜歡雲君的插圖。

凡是八九十年代看過修訂版的讀者，一定都對雲君的插圖印象深刻。很多資深金迷之所以到處蒐集舊版，想看文字還是其次，更主要目的是為了當年的那些插圖。這也是舊版之所以具有很高收藏價值、能拍賣出高價的重要原因。

二十四、連載版《雪山飛狐》原有一首詩，來自《肉蒲團》的作者

《雪山飛狐》最早發表於香港《新晚報》。在當年的報紙連載版中，金庸引用了一首較少人知道的詩。原文首次出現在第十七篇的末段（一九五九年二月二十五日見報），該篇的小標題是〈打遍天下無敵手〉。

劇情是當寶樹和尚帶着天龍門、飲馬川和平通鏢局的眾人，來到雪峰山莊（修訂版改為「玉筆山莊」）作客時，看到山莊的前廳貼着一副對聯。金庸在修訂小說時，對這個部份進行了非常大的改動。

報紙連載版的原文如下：

只見廳上居中掛着一副木板對聯，上聯是「九死時拼三尺劍」，下聯是「千金來自一聲盧」。

這十四字豪氣逼人，宛然是一副俠少面目，再看上款寫着「殺狗仁兄正之」，下款赫然是「打遍天下無敵手金面佛醉後塗鴉」。每個字都是銀鈎鐵劃，似是用刀劍在木板上剜刻而成。

眾人看了這副對聯，不由得面面相覷，心道：「這主人怎麼叫做『殺狗』？這金面佛又竟然如此狂妄！」

修訂版將這段文字修改如下：

廳上居中掛着一副木板對聯，寫着廿二個大字：不來遼東，大言天下無敵手；邂逅冀北，方信世間有英雄。

上款是「希孟仁兄正之」，下款是「妄人苗人鳳深慚昔年狂言醉後塗鴉」。

眾人都是江湖草莽，也不明白對聯上的字是甚麼意思，似乎這苗人鳳對自己的外號感到慚愧。每個字都深入木裏，當是用利器剜刻而成。

這段劇情有三大值得留意的改動之處，第一是對聯內容本身的改變。第二是山莊的主人原本名叫「杜殺狗」，修訂後改為「杜希孟」。第三是苗人鳳寫下這幅對聯時的心態，從「狂妄」改為「深慚」。

修訂版的這二十二字對聯，出自於金庸本人的原創，這個改動非常貼切，表達了苗人鳳對胡一刀的欽佩之意，字裏行間流露出惺惺相惜和深切懷念。這顯然更符合小說情節描寫的實際情況。

而在報紙連載版中的那幅對聯，上聯是「九死時拼三尺劍」，下聯是「千金來自一聲盧」，金庸在這裏玩了點「戲說」的技巧，把它寫成是苗人鳳原創的對聯。

其實，這兩個句子來自七律詩《贈俠少年》。全詩如下：

生來骨格稱頭顱，
未出鬚眉已丈夫。
九死時拼三尺劍，
千金來自一聲盧。
歌聲不屑彈長鋏，
世事唯堪擊唾壺。
結客四方知己遍，

相逢先問有仇無？

這首詩的作者名叫李漁，是明末清初（一六一一年——一六八〇年）的風流才子。他出生於江蘇省如皋市，父親李如松是浙江籍藥材商。以今人的眼光看，李漁是個真正的斜槓青年，也就是擁有多種職業的「跨界精英」。

他的頭銜多如牛毛，不僅是詩人，同時還是文學家、戲劇家、戲劇理論家、美學家、出版人、書商、幕僚、社會活動家、園林藝術家、發明家；也是休閒文化的倡導者和文化產業的先行者。

他還是個超級吃貨，尤其嗜食螃蟹，「每歲於蟹之未出時，即儲錢以待」。他曾說人生的最大夢想，是到一個盛產螃蟹的地方做官，以便拿俸祿大飽吃蟹之口福。就連寫文章也不忘了吃。別的作家寫蓮花，用詞都很高潔典雅，着力歌頌「出淤泥而不染」的精神，唯恐不能從中發掘出某種文化精神。

李漁卻不這樣，他偏偏要把蓮花一層層剝開，寫完它是多麼好看之後，筆鋒一轉說蓮子和蓮藕都很好吃，「至其可人之口者，則蓮實與藕皆並列盤餐而互芬齒頰者也」。（《芙蕖》）一點也不怕別人譏笑他煮鶴焚琴，真是吃貨的最高境界。

他後來出版了一本書叫《閒情偶寄》，被奉為養生學的經典著作。該書有大量篇章談及美食，比如吃魚，李漁認為世間的魚可以分為兩大類：一類靠「鮮」取勝，另一類靠「肥」取勝。靠鮮取勝的魚有：鱘魚、鯽魚和鯉魚等等，這些魚適合「清煮做湯」，吃貨應該以品嘗鮮湯為主。而靠肥美取勝的魚有：鯿魚、鰣魚和鰱魚等等，對這幾種魚「宜厚烹作膾」，也就是重點在於吃魚肉本身。

至於魚的烹調，火候很重要。必須是剛剛煮熟的時候端上桌就吃，「而鮮之至味只在初熟離釜之片刻」。煮魚的水要放多少也大有講究，最完美的狀態是剛剛浸沒魚身，「水多一分，則魚淡一分」。如果為了煲出更多的魚湯就多加水，會導致「鮮味減而又減」，反倒弄巧成拙。

總之，《閒情偶寄》是一部非常有意思的書，獲得多位名家推薦。胡適說它是「一部最豐富、最詳細的文化史料」。魯迅稱讚該書「文字思想均極清新，都是很可喜的小品，有自然與人事的巧妙觀察，有平明而又新穎的表現」。林語堂也說此書是「中國人生活藝術的指南」。

除了美食之外，李漁還寫了大量戲劇和小説。其中有一部作品，影響力超級大，我們這代人個個耳熟能詳，就是大名鼎鼎的《肉蒲團》。這部作品被歸類為「艷情小説」，自問世之後就和《金瓶梅》齊名，被譽為兩大淫書。

在筆者看來，《肉蒲團》寫的比《金瓶梅》更好，宣揚「淫人妻女者，妻女必被人所淫」的思想，主題鮮明而又精闢，不管你同意還是不同意，整部小説都是圍繞這個主題來推動劇情，更符合現代人的閲讀習慣。

無論在古代還是現代，都有很多道學先生對李漁頗有成見，除了表面上不齒《肉蒲團》外，還指責他倡導休閒文化，是玩物喪志的典型。

可是你若認真讀一讀他的這首詩《贈俠少年》，細細品味字裏行間的真意，就能感受到他其實有也有強烈的戰鬥精神，只不過在清政府的殘酷鎮壓下，無法盡情傾吐出來而已。

該詩引用的「彈長鋏」和「擊唾壺」這兩個典故，都很耐人尋味。

長鋏，就是長劍。戰國時孟嘗君的門客馮諼，投奔到其門下時尚未有尺寸之功，就敢經常彈着長劍唱歌，向孟嘗君要魚吃要車坐要錢花。後來孟嘗君派馮諼到自己的封地薛邑去收債，順便用收回的賬款為家裏買點東西。馮諼自作主張，一把火將所有債券燒得乾乾淨淨，回來交差時振振有詞的說，我覺得你家裏甚麼都不缺，缺的是「義」，所以我替你免除了廣大勞動人民的債務，把「義」買回來了。

孟嘗君很不高興，但還是保持風度沒有發作。幾年後，他遭到齊王猜忌，不得不回到自己的封地，距離薛邑還有百餘里時，眾多百姓已經扶老攜幼去迎接他。孟嘗君感慨的對馮諼說：「你為我買的『義』，今天終於見到了。」

另一個典故「擊唾壺」，則是東晉大將軍王敦的趣事。唾壺就是痰盂。這哥們是個重口味，每次一喝完酒就對痰盂情有獨鍾。

你以為他是喝醉了要嘔吐嗎？不是的，他是把痰盂抱過來當大鼓，再抓起一柄玉如意當作大錘，一邊放聲高歌曹操的詩句「老驥伏櫪，志在千里，烈士暮年，壯心不已」，一邊慷慨激昂的用如意敲擊痰盂為拍，以致痰盂的邊沿有了缺口。

這樣的惡趣味，今人不敢恭維，但在古代卻是真性情的象徵。寫下這首詩的李漁，對王敦的這種行為就相當欣賞，引用這個典故暗示自己的志向。從字面解讀，李漁顯然不屑於學馮諼僅僅做個謀士，而希望像王敦那樣擊壺高歌，馳騁沙場光佐中興，那股俠義豪情躍然紙上。

可惜這首詩雖然流傳至今，知道的人卻寥寥無幾。金庸在《雪山飛狐》報紙連載版的第十七篇和第十八篇，首次寫到了「九死時拼三尺劍，千金來自一聲盧」這兩句詩；之後又在第七十七篇和第七十八篇，借用胡斐之手寫出了該詩的完整篇。

原文有一大段胡斐書寫吟誦全詩，苗若蘭應聲相和的場景，金庸修訂時把這些段落全都刪掉了。

假如沒有刪掉，或許這首詩的知名度會大大提高，甚至就像「問世間，情是何物，直教生死相許」那樣，成為一代人永記心頭的名句。

一九五九年二月廿五日《新晚報》連載《雪山飛狐》第十七篇的標題是〈打遍天下無敵手〉。（圖片由大公文匯傳媒集團提供）

二十五、金庸小說報紙連載版大揭密

如果有人問，金庸是哪一年誕生的？很多讀者都會回答：一九二四年。

這個答案當然沒錯。不過，真正文學意義上的「金庸」，誕生日是一九五五年二月七日。

那一天，即將年滿三十一歲的《大公報》員工查良鏞，開始創作他的第一部武俠小說《書劍恩仇錄》。

鮮為人知的是，這次創作是倉促上馬的。

當時，另一武俠小說作家梁羽生（本名陳文統）正炙手可熱。香港《新晚報》原本約定梁羽生連載一部新的小說，版位都已經留好了，事到臨頭，梁羽生因另有要事無暇抽身，於是推薦金庸頂上去填補版面。

事出突然，金庸當天本來都下班回家了，臨時接到上司通知要替人填坑，一開始他是不願意的，因為在那一天之前，「我從來沒寫過武俠小說啊，甚至任何小說也沒有寫過」。

上司不管那麼多，說你必須交出稿子來，不然報紙就開天窗了。

時勢造英雄，被逼無奈的金庸把心一橫，豁出去了。一個電話打到報館，說小說名叫《書劍恩仇錄》。至於故事和人物呢？當時他心裏一點也不知道。報館怕他食言，派人到他家坐等監工。

老編很是辣手，馬上派了一位工友到我家裏來，說九點鐘之前無論如何要一千字稿子，否則明天報上有一大塊空白，就請這位工友坐着等我寫。

那有甚麼辦法呢？於是第一天我描寫一個老頭子在塞外古道上大發感慨，這個開頭下面接甚麼全成，反正總得把那位工友請出家門去。（上述內容摘自一九五五年十月五日《新晚報》上刊登的《漫談書劍恩仇錄》）

於是，第二天的《新晚報》副刊上，在右上角的頭版位置，出現了這樣一個連載專欄。

再重複一遍，一九五五年二月八日，作為武俠小說作家的「金庸大師」，是在這一天誕生的。

新晚報　星期二　一九五五年二月八日

一、塞外古道上的奇遇

書劍恩仇錄

天方夜談

七：一朝發達

石狗公

一九五五年二月八日《新晚報》副刊刊登《書劍恩仇錄》第一篇。（圖片由大公文匯傳媒集團提供）

《書劍》第一篇的小標題是：〈塞外古道上的奇遇〉。原文第一段先抄錄了一篇詩詞，接下來兩段告知讀者：

這首氣宇軒昂志行磊落的「賀新郎」詞，是南宋愛國詩人辛棄疾的作品。一個精神矍鑠的老者，騎在馬上，滿懷感慨地低低哼着這詞。

這老者已年近六十，鬚眉皆白，可是神光內蘊，精神充沛，騎在馬上一點不見龍鍾老態。

金庸本人回憶這段經歷時，進一步補充細節，說之所以引用辛棄疾的詩詞，純粹是情急之下湊字數。想不出開頭，好歹先抄點東西上去再說。

然後他再看看那位正在坐等催稿的工友，雖然是個老頭子，外貌似乎不俗，於是他靈機一動，索性把這位老工友的形象寫進了稿子。七拼八湊，總算湊齊了一千字，度過了第一天的難關，為自己爭取到了一整晚的時間。

所以，金庸是在報紙連載版的第二篇，才開始正式佈局謀劃《書劍》的故事大綱。連載的第一個月，幾乎沒有任何反響，基本沒有收到讀者來信。金庸一度很失望。但他堅持了下去，沒有放棄。第二個月開始，讀者來信漸漸增加。到小說連載過半時，已經引起轟動。

後來另一家報館《香港商報》也向金庸約稿。他的第二部小說《碧血劍》，於一九五六年一月一日開始在該報連載。

值得留意的是，金庸開始創作《碧血劍》時，《書劍》的故事尚未結束。一九五六年的前八個月，金庸每天同時連載兩部小說，直到九月五日《書劍》才完結。而《碧血劍》是在當年的十二月三十一日完結。從頭到尾，正好連載了一年。

接下來，金庸馬上投入創作第三部小說，就是人人耳熟能詳的《射鵰英雄傳》。同樣刊登於《香港商報》，從一九五七年一月一日開始連載。

《射鵰》引起更大的轟動，被視為武俠小說創作的里程碑，是前所未有的「天書」。倪匡的評價非常精準：

這是一部結構完整得天衣無縫的小說，是金庸成熟的象徵。《射鵰》最成功之處，是在人物的創造。《射鵰》的故事，甚至可以說是平鋪直敍的，所有精彩的部份，全來自所創造出來的活龍活現、無時無刻不在讀者眼前跳躍的人物。

一九五九年二月九日，連載了兩年多的《射鵰》尚未結束時，金庸開始創作第四部小說《雪山飛狐》，刊登於《新晚報》。這之後的三個多月時間裏，金庸又是左右開弓，同時創作兩部小說。

《射鵰》於一九五九年五月十九日完結。次日，也就是一九五九年五月二十日，這是個非常重要的日子。這天是香港《明報》的創刊日。金庸出資八萬港元，另一合夥人沈寶新出資兩萬港元。

八萬港元是甚麼概念呢？

翻查資料，那個年代銀行白領的月薪也不過四五百港元。八萬港元足夠在香港全款買下兩個住宅單位。金庸卻用這筆錢創辦了《明報》。

如此重大的一件事，其實也是倉促上馬的。

起初金庸想辦的不是報紙，而是一本叫做《野馬》的刊物，名字來源於《莊子》的《逍遙遊》「鵬之徙於南冥也，水擊三千里，摶扶遙而上者九萬里，去以六月息者也。野馬也，塵埃也，生物之以息相吹也……」這本刊物計劃每十日一期，專門刊登他的武俠小說。

為此，金庸和沈寶新這兩位創辦人，租下了尖沙嘴彌敦道文遜大廈的一個辦公室，只有一百二十平方英尺，相當於十來平方米，僅能放下四張辦公桌。

就在《野馬》即將運作的前夕，有不少報販建議改為出版報紙，說這樣天天都能拉到廣告，更容易賺錢。兩位創辦人一聽覺得有道理，就欣然採納了。由於《野馬》怎麼看都不像報紙名，於是就改成了《明報》，取「明辨是非」之意。這也是急急忙忙決定的。假如有充份時間考慮，或許金庸不會用這個報名。

因為在中國近代報業史上，已經出現過三份《明報》，最早一份在一九二二年。這三份《明報》都沒能撐多久就倒閉了。金庸創辦的這第四份《明報》，創刊號是這樣寫的：

「創刊號的第三版是專門刊登小說的副刊。」

金庸的第五部小說《神鵰俠侶》從創刊號開始連載，放在副刊的最上位置。

重複一遍，那天是一九五九年五月二十日。從那天起的一個月，金庸不單要負責《明報》開創期間的所有編輯事務，還要同時創作《雪山飛狐》和《神鵰俠侶》兩部小說。一直到六月十八日，《雪山飛狐》結束，金庸才恢復成每天只寫一部小說。

不過沒能恢復多久，就又能者多勞了。從一九六〇年一月起，在《神鵰》尚未結束的情況下，金庸為了賺取收入維持《明報》運作，開始創作第六部小說《飛狐外傳》，在《武俠與歷史》雜誌上發表。

這本雜誌早已停刊，就算在圖書館都找不到了，所以已經沒法查到《飛狐外傳》的確切結束時間。而《神鵰》的結束時間是在一九六一年七月八日。在這之前的兩天，第七部小說《倚天屠龍記》於七月六日開始連載。

對，你沒有看錯。《倚天》的第一篇是在七月六日發表的。當時《神鵰》還沒寫完。從七月六日到七月八日，這三天出現了一個非常奇特的現象——《神鵰》和《倚天》這兩部具有情節連貫性的小說，居然同時在《明報》上發表。

《倚天》連載到一九六三年九月二日結束。這期間金庸再一次左右開弓，先後發表了《鴛鴦刀》和《白馬嘯西風》。

《倚天》剛落幕，次日《天龍八部》就登場了。這是金庸最長的小說，足足連載了三年八個月，到一九六六年五月二十七日結束。

不過其中某一個月，金庸出遊歐洲，請倪匡代筆寫了幾萬字的劇情。在金庸漫長的創作生涯中，這是他唯一一次請人代筆。他對倪匡說，劇情隨你怎麼寫都行，但我創作的角色一個都不許死。

倪匡故意給他出難題，角色雖然都活着，但把阿紫的眼睛寫瞎了。之後還寫了天山童姥返老還童的劇情，充滿濃濃的科幻味道，這些都是倪匡的傑作。

金庸沒有被難倒，由此發展出來的阿紫最終結局，令人看得驚心動魄，震撼不已。

至於倪匡代筆的那些劇情，金庸後來修訂小說時全部刪除了，只保留了若干人物設定。讀者們最熟悉的修訂版中，幾乎沒有倪匡的痕跡。

在寫《天龍》的同時，金庸還在《東南亞周刊》上連載《素心劍》，修訂版改名為《連城訣》。這也是本早已停刊，連圖書館裏都沒存貨的雜誌。

梳理以上的創作年表，從一九五五年二月八日到一九六六年五月二十七日，長達十一年的時間裏，除了倪匡代筆的那一個多月，金庸幾乎一天都沒有中斷過小說創作。其中有一大半時間，他都是同時連載兩部小説。

尤其是從《射鵰》三部曲到《天龍八部》，這四部小說每一部的字數都超過一百萬字，一般作家能堅持寫完一部就已經很了不起了，金庸是一部接着一部，首尾相連的完成。

全世界千千萬萬的作家，創作軌跡多數是兩種情況。

第一種是處女作寫得很糟糕，以後逐漸掌握技巧。比如古龍，處女作《蒼穹神劍》簡直慘不忍睹。

第二種是處女作光芒萬丈，可惜後繼乏力，終身都擺脱不了「處女作即成名作即代表作」的魔咒。

金庸的情形是罕見的例外。處女作《書劍》已經寫得很好了，甚至可以説，是絕大多數作家一生都無法仰望的高峰。站在這麼高的起點上，金庸還能不斷突破自己，越寫越好，到《天龍八部》時，又達到了一個新的巔峰。古今中外的所有作家之中，恐怕都很難再找到這樣的例子。

《天龍》結束後，金庸休息了兩個星期，於一九六六年六月十一日開始連載《俠客行》。這部小說是金庸唯一一次「退步」，幾乎退回到《碧血劍》的水平。

當時評論界和眾多讀者相顧失色，以為金庸才華已盡。畢竟《天龍八部》實在太輝煌、太氣勢磅礴了，即使高明如金庸，也難以再寫出新的變化。

只有倪匡不這麼認為。他說：「《俠客行》可以看是《天龍八部》後的小休。正如颶風過境，狂風驟雨之後，風眼來到，必有一番平靜。」

倪匡果然說對了。

《俠客行》於一九六七年四月十九日剛完結，次日金庸緊接着寫《笑傲江湖》，創造出前所未有的人物令狐沖，把武俠小說又帶到了一個新的境界。

這還不是盡頭。於一九六九年十月二十四日開始連載的最後一部長篇小說《鹿鼎記》，才是金庸創作的最高峰、最頂點。

對最後這幾部小說，任何讚美的話都是多餘的。

還是倪匡說的好：「對於金庸駕馭小說的能力，若還有人懷疑『古今中外，空前絕後』的八字解語，不必再與之辯論了。」

這評語或許過於誇大，但不算特別離譜。

有華人的地方，就有金庸的小説。以後再也不會有任何一位作家的作品，能深入人心到這個程度。

他是中國最後一位文學大師。中國文學史乃至世界文學史，必然會為金庸留下重要的一席。

二十六、解剖《雪山飛狐》原始版與新版之別！

從報紙連載版面的原貌說起

金庸先生的名著《雪山飛狐》，最早是在香港《新晚報》的副刊版面連載，從一九五九年二月九日開始，至同年的六月十八日結束。由於工作的關係，筆者近期有幸看到了這批報紙的掃描檔案，如獲至寶細細閱讀。先說總體印象，那個年代的報紙是繁體字豎排的，頁面是簡單的黑白色，排版亦比較粗糙，經常出現標點符號印在行首最上方的不美觀編排；由於年代久遠，不少字跡模糊不清，需要費一番心神才能辨認出來，但筆者還是相當享受從中體驗到的閱讀樂趣。

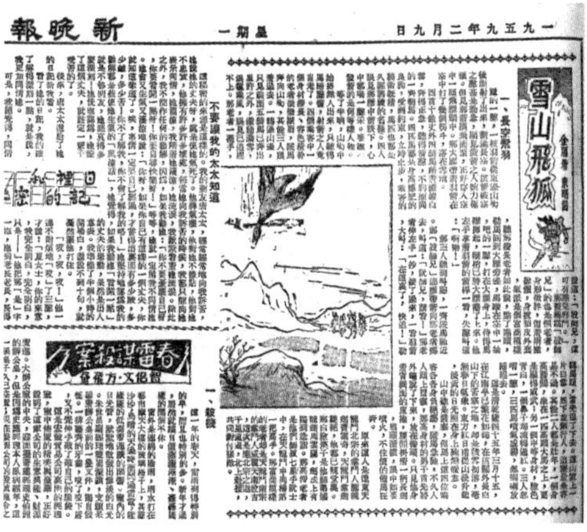
新晚報　一九五九年二月九日　星期一
雪山飛狐

自一九五九年二月九日開始，最早刊登於《新晚報》的《雪山飛狐》（圖片由大公文匯傳媒集團提供）

在這批報紙上，《雪山飛狐》每日連載一篇，每篇字數約一千字。專欄的見報位置是在第七版的右上角，是該版面最醒目的頭條版位。專欄的右上側有個豎直的欄目框格，從上到下印着「雪山飛狐」四個大字，下面有個俠士揮劍的小畫像。最早的三篇，欄目框格裏印的是「金庸著，東明圖」。從第四篇到第二十八篇變成了「金庸文，東明圖」。從第二十九篇起又變成了「金庸文，小萍圖」。此外，每篇連載都有金庸先生自擬的一個小標題，另配有一幅插圖（即是「東明」或「小萍」所畫的圖），第一篇的插圖位於該專欄的偏左位置，從第二篇起改為在專欄的正中央位置。

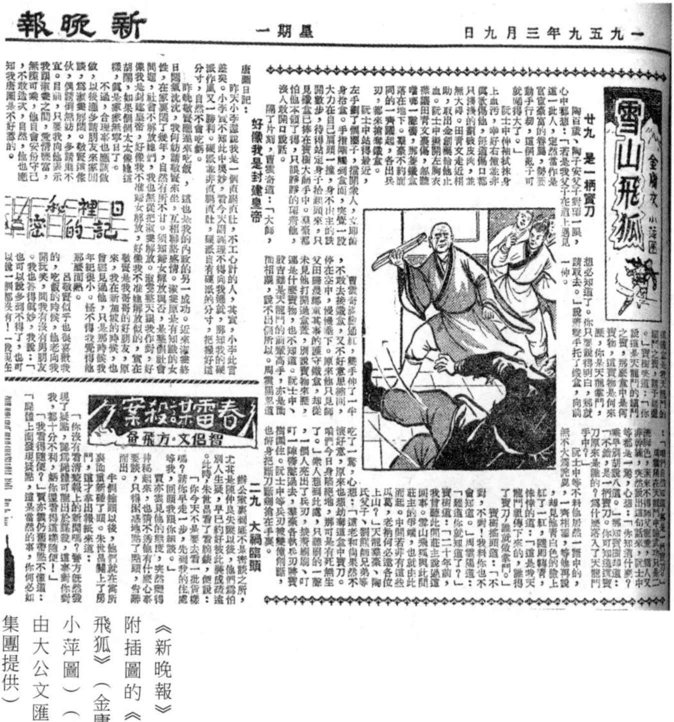
新晚報　星期一　一九五九年三月九日

雪山飛狐　金庸文　小萍圖

廿九　是一柄寶刀

二九　大禍臨頭

唐園日記

好像我是封建皇帝

日記裡的秘密

春雷謀殺案　智侶文　方飛畫

《新晚報》連載附插圖的《雪山飛狐》（金庸文，小萍圖）（圖片由大公文匯傳媒集團提供）

目前網絡上也能看到「舊版」《雪山飛狐》全文。不過，在內地一九九四年出版的「三聯版」《雪山飛狐》中，金庸先生在「後記」寫了這樣一段話：「《雪山飛狐》於一九五九年在報上發表後，沒有出版過作者所認可的單行本。坊間的單行本，據我所見，共有八種，有一冊本、兩冊本、三冊本、七冊本之分，都是書商擅自翻印的。」

由此可見，網絡上的「舊版」來緣，應是五六十年代的某些書商，將報紙連載的全部篇章按順序首尾相連，以「簡單粗暴」的方式結集成書。那些造型生動、栩栩如生的插圖當然是沒有了，更可惜的是，每篇的小標題也被刪除了。其實，從這些小標題中，很多時候可以看出金庸先生最初創作時的思路。

筆者看到的一個流傳最廣的「舊版」版本，將全書分成十八回，每一回的字數最多的有九千字，最少的僅有五千字。回目的劃分方法，和金庸自己於七十年代修改定稿、最為世人熟悉的「修訂版」，以及一九九九年之後再次修訂的版本（即「世紀新修版」）完全不同。後兩個版本都是十回。據金庸在「修訂版」後記的說法，這是「翻印者強分章節，自撰回目，未必符合作者原意」。

另外，修訂版和世紀新修版的回目都沒有標題，「舊版」的回目卻有標題。然而這些標題魚龍混雜，有些是照搬《新晚報》上金庸原創的某個小標題，作為整個回目的標題，比如第一回的標題〈長空飛羽〉，是報紙連載第一篇的小標題；第二回的標題〈盒中有箭〉，是報紙連載第十篇的小標題。有些是將金庸原創的某個小標題，略加修改後變成整個回目的標題，比如第三回的標題〈雪山飛狐〉，第四回的標題〈左右雙僮〉，來自報紙連載第十九篇的〈雪山飛狐到了〉；和第二十篇的〈兩個背劍的僮兒〉。還有的乾脆就沒有回目標題，分別是第十二回、第十七回和第十八回，可能是書商找不到合用的原創小標題，索性就空置了。

最後，筆者在逐字逐句對比時發現，網上的「舊版」有不少錯字漏字，可能是網民手打輸入時的失誤，比如報紙連載第十四篇〈一手抓住兩手〉，收錄到「舊版」之中時，短短一千字中就有五個地方與原文不符。還有就是標點符號的處理也相當馬虎，全書有許多武打招式用的是四字成語，報紙連載時的原文都有用引號的，「舊版」卻經常刪掉了引號。這些缺陷雖然不會對閱讀流暢性造成影響，但對追求完美者而言畢竟也是憾事。

有鑒於此，筆者認為要研究舊版金庸小說，最理想的方式還是閱讀當年的報紙連載原文，這樣才能感受到最「原汁原味」的寫作風格。由於筆者看到的這批掃描檔案，版權屬於香港大公文匯傳媒集團所有，未經允許不能擅自全部放上網；而且即使是得到授權放上網，相信絕大多數讀者也缺乏耐心去仔細辨認，將之與修訂版和世紀新修版做出對比。因此筆者準備以「摘錄點評」的形式，細談三個版本的異同之處，以此與金庸小說的死忠粉絲們交流。

純粹的「文字潤飾」更值得研究

《雪山飛狐》的總字數只有十餘萬字，篇幅不算太長，但在金庸小說中具有重要地位。倪匡為金庸小說排座次，將它列為第五名，排名超過《射鵰英雄傳》和《倚天屠龍記》。然而長期以來，評論界對《雪山飛狐》的關注程度卻相對較低，尤其是對新舊版本的對比研究，更是少的可憐。

究其原因，大概是因為《雪山飛狐》的三個版本，在劇情上沒有任何不同之處。金庸先後數次進行的修訂工作，都僅是對該書的遣詞造句做出改動。相比之下，《射鵰英雄傳》的劇情改動可謂「大刀闊斧」，報紙連載版中的重要人物秦南琴，以及捕捉小紅鳥、蛙蛤大戰等有趣段落，在修訂版中被刪得乾乾淨淨；而在世紀新修版中，則是增加了黃藥師和梅超風的曖昧劇情。

對一般讀者來説，這種大段大段的劇情改動，自然更有話題性，更有探討的空間。而《雪山飛狐》既然沒有對劇情增刪斧削，似乎也就不太值得關注了。但筆者的看法恰恰相反，對於一部「沒有必要」修訂的作品，金庸仍花了很多心思字斟句酌，將報紙連載版的幾乎每一段，或多或少都做了改動。這是一種純粹的「文字潤飾」工作，仔細對比其中的異同點，不僅可以像閱讀《紅樓夢》的程本和脂本那樣，讀賞玩索滋味無窮，還能從中學到不少為文練字的技巧。

先來看報紙連載版的第一篇。該篇發表於一九五九年二月九日的香港《新晚報》副刊，小標題是〈長空飛羽〉，在約一千字的篇幅中，始於「一枝羽箭射出」，止於天龍門的曹雲奇、周雲陽、阮士中和殷吉四個角色出場。插圖畫的是這四個人處於右下方，正在馳馬仰頭上望，而左上方有一隻大雁的脖子上横插着一枝羽箭，正在跌落下來。

這第一篇的開頭第一段，金庸修訂時就做了極大修改。報紙連載版的原文如下：

颼的一聲，一枝羽箭從東邊山坳後面射了出來，劃過長空。這箭破空之聲甚是勁急，顯見發箭之人腕力極強。但見那箭横飛而至，正好穿入空中一頭飛雁頸中。那大雁帶着羽箭在空中打了幾個筋斗，落在雪地。

而修訂版和世紀新修版的文字如下：

颼的一聲，一枝羽箭從東邊山坳後射了出來，嗚嗚聲響，劃過長空，穿入一頭飛雁頸中。大雁帶着羽箭在空中打了幾個筋斗，落在雪地。

這兩個開頭，究竟哪一個更好呢？不同的讀者會有不同的意見。在筆者看來，是各有千秋。修訂版只用「嗚嗚聲響」四個字，就取代了「破空之聲甚是勁急，顯見發箭之人腕力極強」，文筆無疑更加洗練。

不過，報紙連載版接下來的一句寫「但見那箭横飛而至，正好穿入空中一頭飛雁頸中」。把這個句子和下一個句子連起來看，有種連續的畫面感。讀者彷彿在看電影，一開場，就是一枝羽箭飛射而來的特寫鏡頭，一下子就被吸引了注意力。

另外，這種「但見那箭」如何如何的寫法，是古典小説中很典型的「説書式風格」。比如《三國演義》第七十一回寫趙雲殺入重圍救黃忠，也是專門有句子形容「那槍渾身上下，若舞梨花；遍體紛紛，如飄瑞雪」。金庸早期的作品尤其是報紙連載版，有許多描寫手法都有四大名著的影子，讀來古趣盎然。

連載版的「高手」修訂時普遍「降級」

《雪山飛狐》報紙連載版的第一篇，另外還有一個較大的改動。在篇末的最後一段，原文詳細介紹了天龍門的曹雲奇、周雲陽、阮士中和殷吉這四個角色的姓名、綽號和武功造詣。金庸先生在進行修訂時，把他們全部做了「降級」處理。

先看這四個角色的出場總述，報紙連載版的原文寫的是「山中雖是嚴寒，但馬上這四位乘者各各身負絕藝，縱馬急馳，不久人人頭上冒汗。」而在修訂版中，修訂為「山中雖冷，但四名乘者縱馬急馳之下，不久人人頭上冒汗。」即是刪掉了「各各身負絕藝」的描述。

接下來是對這四個角色的分別介紹，其中三個都做了重大調整。在報紙連載版中，對曹雲奇的描述是「天龍門掌劍雙絕，他都已窺堂奧」，在修訂版中改為了「所學都已頗有所成」。對周雲陽的描述是「劍法上有獨到造詣」，修訂版中整個句子被刪掉。對阮士中的描述是「在天龍門中向稱第一把高手」，修訂版中改為「在天龍北宗算得是第一高手」。也就是從整個天龍門的第一高手，降級為「北宗分支」的第一高手。

至於第四個角色殷吉，報紙連載版的第一篇並未提及他的武功深淺，因此修訂版沒有相應的修改。不過隨着劇情的推進，在報紙連載的第五篇〈上山較勁〉中對殷吉做了補充描寫，寫他施展的是「登萍渡水輕功絕技」，這個句子在修訂版中被改為「數十年勤修苦練的輕功」。此外原文還寫了殷吉的心理活動，認為「我天龍南宗的輕功向稱獨步江湖」。這個自視甚高的評價，在修訂版中也被刪掉了。

不僅如此，這之後陸續出場的好幾個配角，金庸修訂時對於他們的武功描述，都在不同程度上予以「降級」。比如北京平通鏢局總鏢頭熊元獻，原文寫的是他「以地堂刀功夫稱雄河朔」，在修訂版中改為「精熟地堂刀功夫」。

這些修改看似瑣碎，對整體劇情無關緊要，但卻是非常合理的。在《雪山飛狐》以及金庸其後創作的《飛狐外傳》中，武功水平的高低是層次分明的。苗人鳳、胡一刀和胡斐處於最高水平，田歸農明顯差一個級別，有份害死胡一刀的寶樹和尚，比田歸農又差一級。而寶樹面對以上這些角色時，能夠佔據絕對上風，所以以上這些角色的武功，充其量只是第三流水平，諸如「身負絕藝」、「輕功絕技」、「獨步江湖」等等形容詞，對這些人來說的確是「過譽」了。金庸對相關字句逐個做出相應的改動，體現了他對自己作品的認真和嚴謹。

其實，在金庸的其他作品中，這種改動也比比皆是。比如《射鵰英雄傳》第一回寫長春子丘處機的出場，報紙連載版的原文先是給予「拳劍武功，海內無雙」的評價，之後更進一步形容他「武功已臻化境」。這麼高的讚譽，甚至壓倒了後來出場的「東邪、西毒、南帝、北丐、中神通」。然而丘處機的武功水平，和「五絕」完全不在一個數量級。因此金庸在修訂時，也對丘處機進行了降級處理，上述兩個過於誇張的評價，分別改為「武功卓絕，為人俠義」，和「武功雖然尚未登峰造極，卻也已臻甚高境界」。

如果不做這種調整，當讀者看到《射鵰》的後半部份，這位「武功已臻化境」的丘處機，竟然要集合「全真七子」的力量，以七敵一才敢跟黃藥師過招，就會覺得他和出場時的氣勢相比簡直是判若兩人，武功設定明顯自相矛盾。

不過話說回來，有很多小說都會在不經意之間，留下這種矛盾，即使是四大名著也不例外。比如《水滸傳》寫到宋江的出場，在大段溢美之詞中，有兩句是「更兼愛習槍棒，學得武藝多般」（第十八回），給讀者的第一印象，似乎這位也是個高手。之後可能是為了強調「宋江也是懂武藝的」，還在梁山一百單八條好漢之中，專門挑了一對兄弟「毛頭星」孔明、「獨火星」孔亮拜宋江為師，讓他也可以吹噓「因他兩個好習槍棒，卻是我點撥他些個，以此叫我做師父。」（第三十二回）。

可是翻遍《水滸傳》全書，宋江最終給人的印象是個手無縛雞之力的書生，每次上戰場都要一堆武將保護，否則就只剩下逃跑的份。整部書「排第一把交椅」的好漢，前後文的破綻如此明顯，比起金庸小說中的三流角色設定上的小小矛盾，那種巨大的落差感更加強烈的多。由此也更可以看出，金庸細心修訂自己的作品，這種精益求精的精神是多麼可貴。

二十七、金庸在《雪山飛狐》中，原本寫了一個「玉面狐」

金庸小説的粉絲們可能會覺得奇怪，「玉面狐」是誰？翻遍《雪山飛狐》全書，都找不到這個角色。再翻遍《飛狐外傳》，仍然沒有這個人。這是怎麼回事呢？答案很簡單，因為你看的是修訂版的《雪山飛狐》。

先説點題外話。筆者從小愛看金庸小説，近年來熱衷研究各個版本的異同，經常到香港中央圖書館借閲舊報紙微縮膠片，查閲最初在報紙版面上連載的文字。從《神鵰俠侶》開始的作品，基本都能在《明報》的舊檔案中看到原文。然而，更早期的《書劍恩仇錄》和《雪山飛狐》這兩部作品，是在香港《新晚報》上連載的，而該報已於一九九七年七月停刊，原始檔案大多已散佚，筆者跑遍了香港的所有圖書館，都沒有查到完整的資料。

幸好有位在香港大公文匯傳媒集團工作的朋友，近期發現在該集團的資料室裏，還存放着一批《新晚報》，這應該是最後一批舊報紙了，具有無比珍貴的史料價值。工作人員將這批塵封已久的絕版檔案，小心翼翼的掃描成圖片文件，雖然不少地方模糊泛黃，但百分之九十五的字跡仍能辨認。

筆者向朋友索取到這些圖檔，花了很多精力仔細閱讀，前些天已經寫下了第一篇對比新舊版本的研究文章（詳見〈解剖《雪山飛狐》原始版與新版之別！〉），今後會繼續以這種「摘錄點評」的形式，分享《雪山飛狐》的最初原貌，並會不定期公佈若干掃描圖片，以饗讀者。

言歸正傳。《雪山飛狐》報紙連載版的第二篇，小標題名為〈黃金小筆〉，第三篇名為〈道是無情卻有情〉，第四篇名為〈玉面狐〉。這三個小標題，全都是圍繞書中的一個人物起的。這個人物，姓田名青文，是田歸農和他的前妻所生的女兒。

是的，你沒有看錯，「玉面狐」其實就是田青文。在修訂版和世紀新修版中，金庸把她的綽號改為「錦毛貂」；並且特意為此新寫了兩句解釋，「那貂鼠在雪地中行走如飛，聰明伶俐，『錦毛』二字，自是形容她的美貌了。」在報紙連載版中，是沒有這兩句話的。

新晚報　星期四　一九五九年二月十二日

雪山飛狐　金庸文　東明圖

四、玉面狐

此事少宜為妙

日記裡的秘密

春雷謀殺案　智侶文·方飛畫

四、天誅地滅

《雪山飛狐》報紙連載版第四篇〈玉面狐〉

（圖片由大公文匯傳媒集團提供）

新晚報　星期二　一九五九年二月十日

雪山飛狐　金庸著　東明圖

二、黃金小筆

越看越好笑

日記裡的秘密

春雷謀殺案　智侶文·方飛畫

二、大秘密

《雪山飛狐》報紙連載版第二篇〈黃金小筆〉

（圖片由大公文匯傳媒集團提供）

在筆者看來，「錦毛貂」是否貼切見仁見智，但「玉面狐」這個綽號是一定不妥的，非改不可。因為整部小說的書名叫作《雪山飛狐》，讀者看到「玉面狐」這三個字時，自然而然會展開聯想，猜測這第一個出場的女性角色，必然和男主角有很深的關係，甚至很可能是女主角，所以綽號中也有「狐」字。

當讀者看完全書，發現田青文和胡斐沒有半點關係，難免會覺得之前被作者誤導了。雖然高明的作者有意誤導讀者，是常見的寫作手法，但如果誤導本身不能產生任何戲劇性，不能在前後文中帶來「峰迴路轉」的震撼性變化，那就應該盡力避免，否則只會造成反效果，令讀者覺得不舒服。今時今日有志進行長篇通俗小說創作的作者，對此種「讀者心理學」不可不知。

在四大名著之中，綽號使用最多的是《水滸傳》，一百〇八條好漢的綽號，絕大多數都是非常貼切和傳神的，但也有個別角色的綽號，以今天讀者的閱讀習慣來看，有點兒令人無語。比如在《水滸傳》的第三回，有條出場的好漢叫作「打虎將李忠」。這個綽號就屬於「不必要的誤導」。相信大部份讀者在看《水滸傳》之前，就已經聽說過「武松打虎」的故事，一看到「打虎將」這三個字，潛意識裏就會被點燃一個「興奮點」，猜測此人會不會和武松有某種關聯，對這個角色的劇情相當期待。這之後看到李忠的各種表現，無論是武藝還是膽略都弱爆了，心裏難免又會大失所望，覺得他實在配不上這三個字。這樣威風凜凜的綽號，應該給武松才對。

另外還有一條好漢叫朱貴，在梁山泊負責開酒店，他出場時的氣勢是相當不凡的。當時林沖想上山投奔王倫，先到朱貴開的酒店歇腳飲酒，朱貴認出他是林沖，竟敢走上前「把林沖劈腰揪住」（第十一回）。我們第一次看小説看到這裏，還不知道此人是誰，而林沖的武藝有多高超，之前的幾個回合已經反覆渲染，令讀者印象非常深刻了。在這個時候突然又冒出一條大漢，竟敢對林沖做出如此冒犯性的動作，讀者馬上會受到心理暗示，覺得這個新出場人物的本領，應該不在林沖之下。

然而當朱貴開口自我介紹時，説他的綽號叫「旱地忽律」。這四個字一出口，形象分頓時唰唰的往下掉。「忽律」者也，據説是宋代契丹語對鱷魚的稱呼。鱷魚是水中的霸王，到了陸地就不太靈活了，到了「旱地」恐怕更加無用武之地。「旱地鱷魚」算個啥玩意？似乎有種濃濃的調侃意味。用影視劇的語言來形容，這個綽號令朱貴「逼格一下子變得很 Low」。

如果再聯想到宋江的綽號叫「及時雨」，就更加不妙了。有「旱地」，又有「及時雨」，讓我好好的滋潤你，這是要塑造一對CP（英文Couple的簡寫，此處指般配感）的節奏嗎？雖然這屬於筆者這種想像力特別豐富的人，才會產生的惡搞想法，不應以這種標準來苛求數百年前的施耐庵老先生。但今天從事小說創作的作者，應該比古人更加留意時代的變化，盡量避開這類雷區。

除了修改綽號之外，金庸修訂《雪山飛狐》時，還對田青文做了另外兩個改動。她是在報紙連載版的第二篇出場的，原文寫的是通過她的師兄曹雲奇的視線，望見「一匹白馬空身站在雪地裏，一個白衣少女一足跪在地下，似在雪中尋找甚麼」。修訂版改為「一匹灰馬空身站在雪地裏，一個白衣女郎一足跪在地下，似在雪中尋找甚麼」。世紀新修版則改成了「一匹灰馬空身站在雪地裏，一個白衣女郎一足跪地，俯身似在雪中尋找甚麼」。

對比這三個版本，世紀新修版在此處做出的改動，只屬於文字雕琢，是否改的更生動了不妨另文討論。但修訂版對報紙連載原文做出的改動，卻是非常值得留意的。簡而言之，一共改了兩個地方，首先把「白馬」改成了「灰馬」，其次是把「白衣少女」改成了「白衣女郎」。

讀者諸君可能會覺得奇怪，不過是一匹馬而已，是白色還是灰色有甚麼區別？為甚麼要改變馬的顏色？筆者個人揣測，金庸先生修訂作品時，是將十五部小説作為一個完整的「武俠體系」來對待的，不僅在同一部作品中，盡可能的減少重複雷同之處，就算是在不同的作品之中，也希望極力避免相似的場景和設定。

在金庸的第一部小説《書劍恩仇錄》中，有一匹神駿的白馬，腳力極其神速，這匹馬後來還出現在了《飛狐外傳》中。更重要的是，《書劍恩仇錄》中有一個很美的場景，當紅花會諸俠被清兵大軍圍困時，香香公主決定留下來與陳家洛同生共死，那段文字是這樣寫的：「月光冷冷，雪花飛舞之中，只見一個白衣人手牽白馬，緩緩走來。這時遍地瓊瑤，這白衣人踏雪而來，真如仙子下凡一般……」（修訂版第十四回）。

表面上看，該段文字與田青文的出場描寫，字句並無重複之處。但如果這是在拍電影，把場景拆解成一個個元素來分析，就會發現至少有三個相同的元素，分別是：大雪、白馬和白衣美女。當你閉上眼睛，在腦子裏像播放電影鏡頭似的，以遠景的方式想像這兩個畫面，就會感覺到二者之間是非常相似的——都是在漫天飛雪之中，有個白衣飄飄的美女，伴隨着一匹全身雪白的駿馬，給人的感覺又清冷又純潔。

死忠粉絲們都知道，金庸曾擔任過電影編劇。他的小說有很強的畫面感，也是因為吸收了電影元素的長處。筆者相信金庸在用文字描繪場景時，也曾想像過自己筆下的那些畫面。為了把上述兩個畫面區分開來，必定要對其中某個元素進行修改。由於田青文正在服喪，沒法改變她所穿衣服的顏色。由於書名有「雪山」，也沒法改變大雪紛飛的環境，唯一可以改變的，就是坐騎的顏色了。

至於為甚麼要把「白衣少女」改成「白衣女郎」呢？下一篇再談。

二十八、生完娃的青春靚媽還算「少女」嗎？金庸：No！古龍：Why not？

在餐廳享用美餐時，聽到鄰桌一個渾厚磁性的男人聲音說：「你就是個少女啊，只是不小心生了孩子。」這話真是說的充滿詩意，筆者轉頭一看，是個賣保險的小男生正在恭維成熟型的女客戶，頓時忍不住笑出聲來。女生被笑得有點尷尬，男生瞪了筆者一眼後對她說，這是康永哥對小S說的名言，代表了一種人生態度。

筆者近幾年很少看綜藝節目，這究竟是不是蔡康永說的話，已經沒有印象了。不過既然談到「少女」的話題，倒是想起了自己一直在研究的舊版金庸小說。最近承蒙好友贈送了一批五十年代的香港《新晚報》掃描檔案，《雪山飛狐》最初就是在該報副刊上連載的，每天連載約一千字。筆者閱讀時留意到一個有趣的現象，田歸農的女兒田青文在第二篇就以「白衣少女」的形象出場了，此後原文一直寫的是該位「少女」如何如何，到了第四篇才正式介紹她的姓名、綽號和身份來歷。金庸在修訂小說時把這三篇文字出現的總共二十六個「少女」，全部改成了「女郎」。

為甚麼要做這種改動？和一些朋友探討時，有人認為是年齡原因。理據是《飛狐外傳》也寫到了田青文，說她是個「十六歲左右的小姑娘」（修訂版第十一回），而《雪山飛狐》的故事發生在十年之後，因此她那時的年齡是二十六歲左右，自然不能算「少女」了。

但筆者認為年齡並非主要因素。黃蓉在《神鵰俠侶》的三分之二篇幅中，都被寫成是「少婦」，一直到她生完三個孩子，在襄陽城外與李莫愁動手過招時，後者眼中看到的仍然是個「美貌少婦」（修訂版第二十七回）。由此可見，金庸心目中的「少」，主要是通過旁人的眼光來觀察，只要駐顏有術善於保養，三十五歲左右的黃蓉也是「少」的。

既然如此，為何金庸在修訂時，要改掉「少女」的稱謂呢？初看時或許不解，但看到全書的後半部份就明白了，原來外表清純的田青文，私生活相當混亂，一邊口口聲聲說飲馬川少寨主陶子安是自己「未過門的丈夫」，一邊又和同門師兄曹雲奇暗中私通，還偷偷生了個孩子。她生怕醜事敗露，親手將剛出世的嬰兒用棉被悶死。

先撇開人性善惡的部份不談，一個已經生過孩子的女性，無論如何都不應該被稱為「少女」。大多數讀者，尤其是男性讀者，在閱讀武俠小説時，潛意識裏都把「少女」等同於未經人道的處女。雖然在《神鵰俠侶》中，小龍女失貞後也一度被寫成「白衣少女」（修訂版第十二回），但之後在絕情谷出現時，已經被改成「白衣女郎」（修訂版第十七回）。這並非大男子主義，純粹是閱讀習慣使然，可以視為是讀者和作者之間的一種默契。

鬱悶的是，筆者深深喜愛的另一位武俠大師古龍，有時候不太遵守這種默契。比如在《多情劍客無情劍》中，武林第一美女林仙兒甫出場時，也是被寫成「少女」。但她和李尋歡沒説幾句話，就脱光了衣服主動投懷送抱（第四章），儘管沒有發生實質關係，但那種老練和成熟，已經顯示她絕不可能是守身如玉的處女。其後她的所作所為，更加印證了她早就閱人無數，是個不折不扣的蕩婦。

在古龍的另一部作品《流星蝴蝶劍》中，女主角小蝶出場時，氣質高貴的簡直像女神，有個跑龍套的英俊少年熱烈的追求她，原文寫「……這種少年正配做小蝶這種少女的護花使者。」小蝶有禮貌的拒絕了他，然後一個人走進黑暗的夜色中，「少女們都怕黑暗，而她還是一點也不在乎。」（第三章）如此神秘、冷艷而又灑脱，頗有西方魔幻小說中的「精靈少女」的美感。

然而接着看下去，小蝶原來是個單親媽媽。她帶着男主角孟星魂回家，有個三四歲的孩子迎上來叫「娘娘回來了，寶寶想死了，娘娘抱抱寶寶。」（第九章）就是叫了這麼一句「娘」，作品之前苦心塑造起來的「少女」完美形象，就在這一聲叫喚中徹底幻滅。筆者記得當年初次閱讀看到這裏時，差點把一口老血噴到了書上。因為這種強烈的震撼反差，就像魯迅在《故鄉》中寫三十年後重逢閏土，卻被這位童年好友叫了聲「老爺」，所有的期待、所有藏在心中的美好，都在霎時間消失的乾乾淨淨。

以上這兩部作品，都是古龍中晚期的成熟之作，在他的早期作品中，大多數「少女」還是可以把處女之身保持到結尾的。不過，脱衣服的場景總是時不時出現。《絕代雙驕》裏的慕容九妹和鐵心蘭，都曾以「少女」的身份脱得不着寸縷。

尤其是鐵心蘭，為了阻止花無缺殺小魚兒，不惜用脱光的方式來纏住前者，令他無法下手。原文還要特意強調「世上絕對無法再找出一樣比這赤裸的少女胴體更美，更炫目的東西來。」（第四十一回）整段文字着墨不多但卻無比震撼，任何稍有自尊心的男人，都接受不了被一個「少女」用這種方式營救，難怪小魚兒看在眼裏無比痛苦，生平第一次流下眼淚。所有喜愛浪漫英雄主義的讀者看到這裏，都當心如刀割同聲一哭。

固然，從文學的技巧而言，筆者也知道古龍這種「把美好撕碎給你看」的悲劇寫法，是相當高明的寫法，但從閱讀感受出發，還是更欣賞金庸在修訂版中的處理方法——把「少女」改成「女郎」。少女情懷總是詩，少女給人的感覺都是美好的。而「女郎」卻是個中性詞，暗示了這個角色有可能相當不堪。

在金庸的大部份武俠小説中，「少女」都比「女郎」可愛。《倚天屠龍記》中，少年張無忌第一個喜歡上的女性朱九真，就是個外表美貌內心歹毒的「女郎」。與她並稱「雪嶺雙姝」的武青嬰，雖然有些段落寫成「少女」，但剛出場時的首次亮相，是通過張無忌的視線看到「另一旁也是個女郎」。（修訂版第十五回）

尤其值得注意的是《鹿鼎記》中的阿珂，出場時「不過十六七歲，身穿淡綠衣衫」（修訂版第二十二回）。在金庸的其他作品中，年齡這麼小的女性全部都是「少女」，只有阿珂是寫成「綠衫女郎」。在韋小寶的七個老婆中，阿珂雖然最最美貌，但性格卻是最不可愛的。

唯一一個自始至終寫成是「少女」，但卻令人討厭的重要角色，是《天龍八部》中的阿紫。那大概是因為阿紫實在太「幼齒」了。段正淳第一次看到這個女兒時，說她「只是個十四五歲的小姑娘」（修訂版第二十二回）；而且她身旁還有個姐姐阿朱。總不能姐姐是「少女」，而妹妹卻是「女郎」，因此在這裏就筆下留情了。

www.cosmosbooks.com.hk

書　　名　金庸小説的處世妙招
作　　者　涂涂草
責任編輯　鄒淑樺
美術編輯　Dawn Kwok
出　　版　天地圖書有限公司
香港黃竹坑道46號
新興工業大廈11樓（總寫字樓）
電話：2528 3671　傳真：2865 2609
香港灣仔莊士敦道30號地庫（門市部）
電話：2865 0708　傳真：2861 1541
印　　刷　亨泰印刷有限公司
柴灣利眾街27號德景工業大廈十字樓
電話：2896 3687　傳真：2558 1902
發　　行　聯合新零售（香港）有限公司
香港新界荃灣德士古道220-248號荃灣工業中心16樓
電話：2150 2100　傳真：2407 3062
出版日期　2024年7月／初版・香港

ISBN：978-988-8551-40-8